Scherz Krimi
Spannung mit Niveau

Von Ursula Curtiss sind erschienen:

Alles Böse zum Geburtstag
Ein Mörder schleicht ums Haus
Das eiserne Spinngewebe
Das Haus der leblosen Vögel
Kalte Jagd in Mexiko
Die lächelnde Maske
Der Mann mit dem Papageiengesicht
Mord aus Liebe
Mord in Narkose
Der Mörder steht vor meiner Tür
Die Pappelallee
Schatten an der Wand
Schritte im Nebel
Der Spielverderber
Spieglein, Spieglein an der Wand
Spuren in der Nacht
Stimme aus dem Dunkel
Sturz in die Vergangenheit
Tod einer Krähe
Träum' schön vom Tod
Das unheimliche Grauen
Die Wespen

Ursula Curtiss

Alles Böse zum Geburtstag

Scherz
Bern München Wien

Einzig berechtigte Übertragung aus dem Amerikanischen
von Ruth Bieling
Titel des Originals: »The Birthday Gift«
Foto: Thomas Cugini

3. Auflage 1996, ISBN 3-502-51542-5

Gesamtherstellung: Ebner Ulm

1

Vom Eintreffen auf dem Flughafen an glaubte Lydia zu spüren, daß ihr neugierige Blicke folgten. Keine schmeichelhaften, sondern Blicke von Leuten, die überlegten, ob sie in ihrem Koffer wohl eine tickende Bombe versteckt hatte. Es stimmte, sie ging auffallend vorsichtig mit dem flachen blauen Koffer um, den sie als Handgepäck bei sich hatte; sie schützte ihn, manchmal sogar mit den Armen, vor jeder Berührung. Wenn sie erklärt hätte: »Da ist nur ein sehr alter Spiegel drin«, würden die Leute wahrscheinlich noch mißtrauischer geworden sein. Den Spiegel bei Mrs. Paula Blake in Elder's Farms, Connecticut, abzuliefern, war eine Gefälligkeit, die sie ihrer Freundin Susan McGrath erwies, der eine Galerie in Santa Fé gehörte, direkt neben der Buchhandlung, an der Lydia beteiligt war. Susans Schwester Paula war vor ein paar Monaten mit ihrem Mann von Boston nach Elder's Farms gezogen, und der Spiegel sollte ein Geburtstags- und Hauseinweihungsgeschenk sein. Susan hatte nicht gewagt, das zerbrechliche Stück der Post anzuvertrauen, und vor dem Fliegen hatte sie Angst. Würde also Lydia, nachdem sie ohnehin nach Elder's Farms mußte, wohl so freundlich sein . . .?

Lydia sagte zu, voll Verständnis, denn sie erinnerte sich noch gut daran, wie ihr einmal ein Päckchen in ihren Patio geplumpst war, das an sechs Stellen den Stempel *zerbrechlich* trug. Nun sorgte sie sich während der ganzen Reise nach Connecticut um den Spiegel – nicht auszudenken, wenn er trotz aller Vorsicht in Scherben ginge! Ihre Kusine Tracey Donahue, zu deren Hochzeit sie gekommen war, holte sie ab. Als sie bemerkte, wie Lydia mit dem Koffer umging, sagte sie: »Wie ich sehe, hast du ein paar Dutzend Eier zu dem festlichen Anlaß mitgebracht.«

Im Haus, das voller Blumen und Lichter und in jener ganz besonderen Aufregung war, die einer Hochzeit vorausgeht, streckte einer der Schwager – sie sahen alle irgendwie gleich aus, obwohl sie doch gar nicht verwandt waren – freundlich die Hand aus und sagte: »Komm, laß mich das tragen.« Aber Lydia hielt den Koffer bis zuletzt eisern fest. Oben öffnete sie ihn und warf einen ängstlichen Blick auf das ihr anvertraute Gut.

Der Spiegel stammte aus der Kolonialzeit. Sein ovales Glas in einem Rahmen aus dunklem poliertem Holz, das oben und unten zartgeschnitzte Rosetten zeigte, war intakt. Sie sah in ihm ihre eigenen forschenden Augen, ihr vornüberfallendes Haar von der Farbe gutgerösteten Buttertoasts und sonst nichts weiter. Es war keine Beschädigung festzustellen.

Vor zehn Jahren war Lydia zum letzten Mal in diesem Haus gewesen, in dem sie ihre Sommerferien vom sechsten bis zum sechzehnten Lebensjahr verbracht hatte. Damals hatte sie die schwere Krankheit ihres Vaters gar nicht bemerkt, die ihre Mutter zur ganztägigen Krankenpflegerin machte. Tom Donahue war ihr Onkel, und da er und seine Frau Nancy selbst vier Töchter hatten, spielte ein Mädchen mehr im Haus keine Rolle, noch dazu in einer Jahreszeit, die man ohnehin größtenteils am Strand verbrachte.

Der Vergleich zwischen damals und jetzt, den man immer dann anstellt, wenn man nach längerer Trennung und einigen persönlichen Erlebnissen an einen wohlbekannten Ort zurückkommt, stimmte sie nachdenklich. Aber vielleicht hatte ihre Stimmung auch nur physische Ursachen, denn als sie wieder unten saß, mit einem Willkommensdrink in der Hand, hatte sie das Gefühl, noch immer zu reisen, als ob die Couch sich vorwärtsbewegte.

Was ihr zunächst als verwirrende Menge von Leuten erschien, die sich inzwischen versammelt hatten, erwies sich dann nur als Traceys drei ältere Schwestern – alle groß, mit lebhaften Augen, dunkelhaarig und selbst im März noch leicht gebräunt – und ihre ebenfalls großen, sich ähnlich sehenden Männer. Sie waren alle temperamentvolle Sprecher und schüttelten sich oft vor Lachen über irgendwelche obskuren Bemerkungen, die Uneingeweihte nicht verstanden. Dieses starke Familiengefühl, heutzutage so selten, zog Lydia in seinen Bann. Tracey, die Braut, die neben ihr saß, sagte zufrieden: »Es ist herrlich, wie gern wir uns alle haben, aber stell dir mal vor, wie friedlich es sein wird, wenn sie alle wieder fort sind.«

Weil ihr Onkel und ihre Tante einer Familientradition zufolge nach der Hochzeit einer Tochter stets verreisten, diesmal nach Florida, sollte Lydia in ihrer Abwesenheit das Haus hüten. Abgesehen von ihrer Liebe zu Tracey, die ihr im Alter am nächsten stand und mit der sie alle Höhen und Tiefen ihrer Jungmädchenzeit geteilt hatte, war dies der Hauptgrund für ihr Kommen. Außerdem mußte sie eine Entscheidung treffen, und Elder's Farms – so verschieden von Santa Fé wie nur irgend denkbar – konnte ihr den dazu nötigen Abstand geben.

Sie hatte es strikt abgelehnt, bei der Trauung die Brautjungfer zu spielen, weil sie so weit weg wohnte und irgend etwas dazwi-

schenkommen konnte, und war nun entsetzt, als man von ihr erwartete, daß sie am Polterabendessen teilnehmen sollte. »Du mußt einfach«, sagte Tracey drängend. »Was willst du denn machen – hier herumlungern und ein Sandwich essen? Außerdem haben wir einen Mann für dich bestellt: Desmond Moran; vielleicht erinnerst du dich sogar noch an ihn. Er und Elizabeth hatten mal was miteinander.«
Elizabeth war die älteste Tochter Donahue. Lydia schüttelte den Kopf; sie fühlte sich erschöpft nach der langen Reise und unfähig, sich an so weit Zurückliegendes zu erinnern. Das Essen zog wie in einem Nebel an ihr vorbei. Ihr Partner, ein Mann mit gelassener Miene und grauen Augen, fragte gerade: »Bin ich Ihnen nicht mal auf einen Baum nachgeklettert? Mir kommt so vor ... Na, macht nichts.« Er war sehr nett. »Ich glaube, Sie schlafen schon!«
Das riß Lydia aus ihrem Dahindämmern hoch, und sie sagte bei der ersten Gelegenheit zu ihrem Onkel: »Kennst du zufällig die Blakes? Sie sind gleich nach Weihnachten hergezogen, glaube ich, und wohnen in Violet Lane. Er hat das Haus von einem Verwandten geerbt, Simon sowieso. Der Spiegel ist für sie.«
Die Donahues fragten sich gegenseitig und verneinten dann. »Ich kenne sie«, sagte Lydias Tischnachbar überraschend. »Sie wohnen ganz in meiner Nähe.«
Sie wartete auf das übliche »Scheinen angenehme Leute zu sein«, oder sogar »Kommen mir besonders nett vor«, und während sie wartete, blitzte eine Erinnerung in ihr auf: Sie war sehr hoch auf einen Baum hinaufgeklettert und oben in Panik geraten; da schloß sich plötzlich eine feste Hand um ihren Knöchel, und sie hörte eine ruhige Stimme sagen: »Unter dir ist ein dicker Ast; wenn du den Fuß ausstreckst, kannst du ihn fühlen.« Das war in dem Sommer gewesen, in dem sie diese entsetzlichen khakifarbenen Shorts trug, die ihr nicht standen.
Dieselbe Hand zog nun einen Aschenbecher zu sich heran, und ihr Besitzer beschäftigte sich mit dem Ausdrücken seiner Zigarette. Erst später fiel Lydia ein, daß er diese unbedeutende Handlung mit der Konzentration eines Mannes ausführte, der ein Lagerfeuer löscht.

Am nächsten Tag um halb fünf war sie allein im Haus.
Eine Reinemachefrau war erschienen, als sie gerade zur Kirche aufbrachen, und jetzt standen nur noch die unendlich vielen

Blumen auf Tischen und Kaminsimsen, ein festliches Echo der Feierlichkeiten. Tracey, in glänzender weißer Seide und mit hochgetürmtem Haar fast nicht mehr wiederzuerkennen, hatte ein bißchen geweint, als sie am Arm ihres Vaters durch das Kirchenschiff ging. Vom Empfang danach zurückkehrend, hatte Lydia langsam die Runde durch das vertraute Grundstück gemacht, aus reinem Vergnügen an der feuchten Luft des sinkenden Abends. Vielleicht würde sie bald sehnsüchtig an die Sonne New Mexicos denken, aber im Augenblick fühlte sie sich wie ein Fisch in seinem heimatlichen Element.

Das Haus, mit weißgestrichenen Brettern verschalt und mit blaugrünen, zur Farbe alter Seide verblichenen Fensterläden, war über hundertfünfzig Jahre alt und lag in einem großen Garten, etwas außerhalb der Stadt; gegenüber an der Straße gab es einen Teich zum Schlittschuhlaufen im Winter, und der Strand war nur zehn Minuten Fahrzeit entfernt. Drinnen war alles holzgetäfelt, schneeweiß gestrichen, die Türblätter waren kreuzförmig gegliedert und hatten schwarze schmiedeeiserne Klinken, an die Fenster im Erdgeschoß stießen Flieder und Geißblatt. Lydia stellte fest, daß der lange Spiegel über dem Eßzimmerkamin noch immer den blattförmigen Sprung zeigte, der entstanden war, als sie während eines Stromausfalls in einer stürmischen Sommernacht eine Kerze zu nahe hingestellt hatte. »Lydia, dein Wahrzeichen!« hatte Tracey gestern bemerkt.

Der andere Spiegel lag wohlverpackt im Obergeschoß, das Geschenk von Susan McGrath an ihre Schwester. Susan, die sich vier Jahre nach dem schrecklichen und sinnlosen Tod ihres Mannes bei einem Autobahnunfall Hals über Kopf wieder verliebt hatte. Miles Marsh sah auf besondere Art gut aus, war charmant, ihr treu – und ein Dieb.

Eine mit Eisenstäben vergitterte Glastür zwischen der Buchhandlung und der Galerie pflegte während der Geschäftsstunden weit offen zu stehen, und zweimal hatte Lydia darin gespiegelt gesehen, wie er beiläufig kleinformatige Dinge eingesteckt hatte – beim ersten Mal einen Dürer-Druck und dann eine kleine primitive Skulptur aus Stein. Beide Male war er allein in der Galerie gewesen; er hatte auf eine Aushilfe gewartet, während Susan sich fertig machte, um mit ihm zum Mittagessen zu gehen.

Sollte sie es ihr sagen? Susan hatte den Schock über den Unfalltod ihres Mannes nur schwer überwunden. Mußte sie es ihr

nicht trotzdem sagen, schließlich war es wahrscheinlich, daß sie heirateten, und dann bekam sie vielleicht später zu hören: »Du mußt es doch gemerkt haben, so direkt nebenan! Du mußt doch eine Ahnung gehabt haben.«
Oder wußte Susan es vielleicht sogar und kümmerte sich aus lauter Liebe einfach nicht darum? In diesem Fall wäre ihr eine Mitwisserin bestimmt nicht recht.
Lydia war soweit gegangen, wie sie es wagte. Als Susan den Verlust der Skulptur beklagte, hatte sie gesagt: »Um halb eins war sie noch da. Ich weiß es, weil ich hineingegangen bin und sie in die Hand genommen habe – es war so, wie wenn man ein glattes, warmes Ei in der Hand hält. Du mußt doch dagewesen sein, Miles; nachdem ich gegangen war – ist da noch ein Kunde gekommen?«
Seine und Lydias Blicke trafen sich; entweder sah er die Falle nicht, oder er verließ sich restlos auf Susan. Er hob einen Zeigefinger und tat bestürzt. »Warte mal – du hast recht. Eine Touristin mit so einer riesigen Tasche, die sie immer mit sich rumschleppen . . . Sie muß es gewesen sein, denn sie war in kaum dreißig Sekunden wieder draußen.«
Susan meinte resigniert, daß Ladendiebstähle überall zu einem immer größer werdenden Problem würden, doch es war keine Frau, überhaupt kein Kunde, dagewesen.
Sollte sie Paula Blake, Susans Schwester, zu Rate ziehen? Lydia wußte, daß sich die Schwestern trotz ihrer räumlichen Trennung sehr nahe standen; mindestens einmal im Monat schrieben sie sich lange Briefe. Susan wurde die Post in die Galerie zugestellt, und manchmal, während eines gemeinsamen Vormittagkaffees, hatte sie über irgend etwas, was Paula in enggetippten Zeilen auf gelbem Kopierpapier schrieb, laut aufgelacht.
Ein plötzlicher Windstoß fegte über die dünne Eisdecke des Teichs. Lydia fröstelte und ging zurück ins Haus.

Im Telefonbuch, das auf dem kleinen Bücherregal im Eßzimmer lag, war kein Emmett oder Paula Blake in der Violet Lane oder sonstwo aufgeführt. Absicht oder Warteliste? Lydia vermutete, Absicht. Susan hatte ihr erzählt, daß ihre Schwester und ihr Mann nach einer unerwartet früh eingetretenen Erbschaft ihre Arbeitsstellen in Boston spontan aufgegeben hatten, um sich probeweise ein Jahr in Elder's Farms niederzulassen. Emmett, um zu malen, Paula, um es mal mit einem Buch zu versuchen,

anstelle ihrer bisherigen Tätigkeit in einer Werbeagentur. Lydia vermutete, daß sie sich wohl kaum über Anrufe von Freunden freuten, die für ein ländliches Wochenende eingeladen werden wollten.
Sie würden auch während der Arbeitszeit am Vormittag niemand sehen wollen, überlegte Lydia. Sie hatte Erfahrung mit Freunden in Santa Fé, die ähnlich lebten. Also wartete sie am nächsten Tag bis drei Uhr, ehe sie den eingepackten Spiegel sorgsam auf den Beifahrersitz des alten blauen Volvo der Donahues legte und sich auf den Weg zur Violet Lane machte.

2

Obwohl für Elder's Farms von den New Yorker Immobilienhändlern weniger die Werbetrommel gerührt wurde als für die Nachbarstadt, hatte es sich doch sehr verändert. Lydia verfuhr sich zweimal. Eine neue Brücke führte über den Fluß, und auf dem riesigen Feld, das an seinem äußersten Ende von drei gewaltigen Eichen beherrscht worden war und mit denen sie als Orientierungshilfe gerechnet hatte, wuchs nun eine Wohnsiedlung in die Höhe.
Aber der Tag war so schön, daß ihr das Fahren Spaß machte. New Mexico hätte in einem anderen Erdteil liegen können. Der Himmel war eine unruhige Masse weißer, auf der Unterseite asphaltgrauer Wolken, zwischen denen gelegentlich Flecken von zartem Blau auftauchten. Nach den fernen Horizonten mit den goldenverhangenen Bergen von New Mexico schienen ihr die Wälder und Hügel hier zum Greifen nahe.
Violet Lane war eine enge, kurvenreiche Sackstraße, und man brauchte schon sehr scharfe Augen, um die Lücke in einer Mauer aus Fliederbüschen zu entdecken, hinter der Nummer zwölf verborgen lag. Die Zufahrt wand sich abwärts, führte an einem merkwürdig flachen Erdhügel vorbei und bog dann nach links.

Das Haus, ein verwitterter Bau inmitten von Apfelbäumen, stand dann ganz plötzlich vor einem.
Die Blakes waren offensichtlich zu Hause, denn ein schmutziger dunkelgrüner Austin Marina parkte vor der Tür. Lydia stellte den Volvo daneben, ging um den Wagen herum und nahm den Koffer heraus, wobei sie die Tür absichtlich laut zuschlug. Sicherlich hatte Paula Blake inzwischen Susans Brief erhalten, der ihren Besuch anmeldete; trotzdem fühlte Lydia sich unbehaglich. Sie war die eine Steinstufe zur Tür hinaufgestiegen und griff gerade nach dem Klopfer, als sie innen im Haus – sollte an diesem kalten Tag ein Seitenfenster offen stehen? – eine Männerstimme leise und wütend sagen hörte: »Verdammt, was jetzt?«
Leise stellte Lydia den Koffer auf der steinernen Stufe ab – wie ein unerwünschtes Baby, dachte sie – und war schon wieder halb beim Wagen, als sich die Tür öffnete und eine Frauenstimme nach kurzem Zögern rief: »Hallo, Sie müssen Lydia Peel sein. Bitte, kommen Sie doch herein!«
»Danke, aber ich muß gleich zurück«, antwortete Lydia freundlich. »Ich wollte nur den Spiegel abliefern, solange er noch ganz ist.«
»Sie haben wohl meinen Mann gehört«, sagte Paula verlegen, zog die Türe hinter sich zu und kam die Stufe herunter. Sie war nicht so groß wie Susan und eher rundlich als schlank. Sie trug dunkelblaue weite Hosen, einen losen, cremefarbenen Pullover und verschränkte die Arme über der Brust, wegen dem Wind. Ihre hellgrünen Augen hinter der Hornbrille blickten unglücklich. »Ich erkläre es Ihnen später, aber *bitte*, kommen Sie herein! Wenn Sie es nicht tun, werde ich mir oder Emmett das nie verzeihen, und meine Schwester wird uns allen beiden nicht verzeihen.«
Unmöglich abzulehnen, ohne beleidigend zu wirken. Widerstrebend und voll Sorge, all ihre Ahnungen von unangemeldeten Besuchen könnten sich bestätigen, folgte Lydia ihr in einen Wohnraum mit niedrigen Fenstern, der dem Geruch nach erst kürzlich gestrichen worden war – in Wedgwoodblau und -weiß. Zusammen mit dem strahlenden Blau des Himmels schien hier sogar die Luft blau.
Im Kamin brannte ein Feuer. »Dieses Haus ist teuflisch schwer zu heizen«, erklärte Paula. Neben dem Kamin stand Emmett Blake, ein großer Mann, Mitte Vierzig, mit einem wettergegerb-

ten Gesicht und, dazu kontrastierend, dem glatten blonden Haar eines Chorknaben. Er begrüßte Lydia ohne eine Spur von Verwirrung und blinzelte ihr verschwörerisch zu, als er die Frau vorstellte, die auf der anderen Kaminseite in einem antiken Stuhl thronte. »Das ist Mrs. Chilton, eine Nachbarin von uns. Sie kennt sich hier gut aus und hat uns gütigerweise die Lokalpiraten ferngehalten.«
War diese Frau der Anlaß zu der vorangegangenen Spannung? Wenn ja, so schien sie es nicht zu wissen. Sie begrüßte Lydia liebenswürdig, mit englischem Akzent. Dann beugte sie sich mit hochgerecktem grauem Kopf vor, ihr Gesicht voller Interesse, und bewunderte den Spiegel, den Paula aus dem Koffer nahm. Dabei fiel etwas glühende Asche von ihrer Zigarette, und fast sofort stieg von ihrem Tweedrock beißender Brandgeruch auf.
Paula und Emmett Blake sahen ruhig zu; es blieb Lydia überlassen, unwillkürlich zu rufen: »Ihr Rock, Mrs. Chilton!«
»Oh, verdammt!« rief Mrs. Chilton und rieb ohne besondere Aufregung an ihrem Rock herum. »Ich habe in allen meinen Kleidern Brandlöcher.«
Die Blakes lachten, und der Spiegel wurde versuchsweise an die eine und dann an die andere Wand gehalten. Für Lydia, die die Wut in Emmetts Stimme vor wenigen Minuten noch im Ohr hatte, schien die ganze Szene gespenstisch: Wie wenn man das unverwechselbare Zerspringen von Glas im nächsten Zimmer hört und beim Eintreten feststellen muß, daß kein einziger Splitter am Boden liegt.
Nach einer kurzen höflichen Wartepause hievte sich Mrs. Chilton entschlossen aus ihrem Stuhl, verabschiedete sich, und Emmett half ihr in einen umfangreichen beigefarbenen Regenmantel. Was sie über ihre Garderobe gesagt hatte, war offensichtlich nicht übertrieben: Der Mantel zeigte unter einer Tasche drei Brandlöcher, als ob ein ungeschickter Jäger auf sie geschossen hätte. Und doch fand Lydia, daß trotz der Löcher, dem kurzen, zerzausten Haar und den festen, runden Wanderschuhen nichts Lächerliches oder Provinzielles an Mrs. Chilton war; sie erweckte vielmehr den Eindruck, als habe sie irgendwo freiwillig ein Kommando niedergelegt und amüsiere sich nun sehr über ihre neuen Verhältnisse.
»Und, Mr. Blake«, sagte sie, als Emmett sie in die Richtung der Tür steuerte, »überlegen Sie sich, bitte, was wir besprochen haben. Ihr Vetter Simon war damit einverstanden, das kann ich Ih-

nen versichern.«
»Das werde ich«, erwiderte Blake beim Hinausgehen, »wenn –«
Der Rest entging Lydia, weil Paula, während sie die Finger in ihr dunkles kupferfarbenes Haar vergrub und es zurückstrich, vorsichtig sagte: »Na, Gott sei Dank! Ich habe schon geglaubt, sie würde Wurzeln schlagen.«
Lydias Miene drückte eine höfliche Frage aus. Ihr hatte Mrs. Chilton gefallen; sie war sich aber ganz und gar nicht sicher, ob ihr auch die Blakes gefielen.
»Irgendwie ist sie ja ganz nett«, sagte Paula Blake, noch in der Haltung beherrschten Lauschens, »aber sie glaubt, weil sie mit Simon Wister befreundet war, kann sie Emmett zwingen, ihr einige seiner Möbel zu verkaufen. Simon muß ihr irgendwelche vagen Versprechungen gemacht haben; deshalb haben wir uns schon von einer sehr hübschen alten geschnitzten Truhe in der Halle getrennt. Ach, es ist wirklich lästig. Ich kann überhaupt nicht begreifen, warum sie Antiquitäten haben will; ihr Haus ist ganz modern eingerichtet. Nichts knarrt, und alles funktioniert.« Das klang fast neidisch.
»Irgendwie habe ich das Gefühl«, hatte Susan nach Erhalt des jüngsten Briefes ihrer Schwester bemerkt, »daß Paula das Landleben nicht so faszinierend findet, wie sie geglaubt hat.«
»So geht es eben mit Erbschaften«, murmelte Lydia, weil Paula sie gespannt beobachtete. Ihr Mann kam wieder herein und brachte einen Hauch kalter Luft mit. »Ich wollte sie heimfahren«, er sagte das eindeutig zu Paula, starrte dabei aber Lydia an, »doch sie versicherte, daß der Spaziergang ihr gut tue. Warum trinken wir nichts?«
Lydia lehnte höflich ab – es würde bald dunkel sein, und sie wollte sich auf dem Heimweg nicht verfahren –, wurde aber förmlich dazu gezwungen, einen Drink anzunehmen. Paula schaltete das Licht an, machte es sich auf der Couch mit einer Zigarette bequem und kam sofort zur Sache. »Ich finde es einfach großartig, daß Susan einen Freund hat. Sie hat ihren Mann angebetet, aber vier Jahre Einsamkeit sind kein Pappenstiel, und es war alles so schrecklich. Hätten Sie geglaubt, daß sie je wieder heiraten würde? Wie sieht Miles denn eigentlich aus?«
Irgendwie hatte Lydia eine Entscheidung getroffen: Mochten diese undefinierbaren, doch selbstsicheren Leute auch Susans jüngere Schwester und ihr Schwager sein, ihnen Näheres über Miles zu erzählen, hieße Susan bloßzustellen, und selbst eine

gute Freundin hatte dazu kein Recht.
Sie hatte das ungute Gefühl, daß die beiden wie losgelassene Hunde reagieren würden. So sagte sie: »Sehr nett. Intelligent, ziemlich attraktiv.«
»Was tut er denn?« Das war Blake, lässig.
»Er ist bei einer Werbeagentur, glaube ich. Irgend so etwas.« Lydia stand auf. »Ich habe mich auf dem Herweg zweimal verfahren, bei Tageslicht, deshalb muß ich jetzt wirklich los. Es war sehr nett –«
Wieder protestierten beide Blakes. Sie hätten noch kaum Gelegenheit gehabt, sich mit ihr zu unterhalten, wegen Mrs. Chilton; sie hatten ihr noch nicht einmal richtig für die Überbringung des Spiegels gedankt; sie müßte einmal mit ihnen zu Abend essen, ehe sie nach Santa Fé zurückfuhr. Paula würde anrufen, um zu hören, welcher Abend ihr passe.
Vielleicht war es das elektrische Licht oder der Cocktail, jedenfalls schien der blau und weiße Raum jetzt heiter und reizvoll, und die Blakes waren – nachdem Lydia ihre Nervosität auf den langen Flug, auf den krassen Klimawechsel und auf die Übermüdung nach dem anstrengenden Drum und Dran der Hochzeitsfeier geschoben hatte – anziehende, zivilisierte Leute. Sie gab Paula die Adresse und Telefonnummer der Donahues, winkte kurz darauf ihren Silhouetten im Türrahmen zu und fuhr ab.
Es war noch nicht ganz dunkel, aber die Wälder sahen so dicht aus, als würde die Dunkelheit jeden Augenblick aus ihnen herausströmen. Lydia fingerte an dem ungewohnten Armaturenbrett herum, setzte Scheibenwischer und Wasserfontänen in Gang, fand endlich den Schalter für die Scheinwerfer und zog ihn heraus. Fast sofort, obwohl sie kaum eine Viertelmeile vom Haus der Blakes entfernt war, erfaßten die Lichter Mrs. Chiltons tapfer dahinschreitende Gestalt.

Paula Blake leerte ihren Drink auf einen Zug und hielt ihrem Mann das Glas hin. »Hast du Mrs. Chilton wirklich angeboten, sie nach Hause zu fahren?«
»Natürlich, und als sie es ablehnte, habe ich sie wenigstens sicher bis zum Zaun gebracht. Wir haben uns über dies und jenes unterhalten«, sagte er und nahm ihr Glas. »Wie bist du mit unserer Besucherin zurechtgekommen?«
»Es ging. Sie ist ganz attraktiv, findest du nicht? Natürlich habe

ich sie nicht im Ernst in Stiefeln und riesigem Hut erwartet, aber ich dachte, sie würde vielleicht mit indianischem Schmuck behängt sein.« Paulas Blick – sie hatte die Brille abgenommen und sah nun viel jünger und weniger selbstsicher aus – wurde nachdenklich. »Hattest du auch den Eindruck, daß sie über Miles Marsh nicht viel sagen wollte?«
Blake nickte. »Deshalb meinte ich, ein gemeinsames Abendessen wäre eine gute Idee.«
Er ging in die Küche, machte Drinks, kam zurück und fand Paula, wie sie sich nachdenklich in dem neuen Spiegel betrachtete. »Du weißt ja wohl, was das heißt, oder?« fragte sie. »Jetzt muß ich rumlaufen und ein Geschenk für Susan zum Geburtstag suchen.«
»Ja, ich weiß. Letztes Jahr . . .« Blakes Gesicht zeigte einen Ausdruck von konzentriertem Nachdenken. »Ich glaube mich zu erinnern, daß du irgendwo eine verrückte Sonnenbrille aufgegabelt hast . . .«
»Und«, sagte Paula, als ob sie die Erwiderung ihres Mannes nicht gehört hätte, »wenn wir mit der ganzen riskanten Sache überhaupt Erfolg haben wollen, müssen wir ernsthaft was gegen solche Zufallsbesucher wie Mrs. Chilton tun.«
Nach einer kurzen Pause begann Blake leise zu pfeifen.

3

»Wie reizend von Ihnen!« sagte Mrs. Chilton, als sie sich mit einem Seufzer der Erleichterung in dem Volvo zurücksetzte. Sie stellte einen festen Wanderstock zwischen ihre tweedverhüllten Knie und beantwortete die Frage, die Lydia in den Sinn gekommen war.
»Normalerweise fahre ich mit dem Wagen, aber meine Tochter ist mit ihrem kleinen Jungen bei mir zu Besuch, und sie fährt gern ab und zu mal weg. Wenn Sie oben auf diesem Hügel rechts abbiegen, ist es nur noch ungefähr eine Meile . . . Wie gefällt Ihnen Elder's Farms? Ich kann mir vorstellen, daß es ganz anders ist als der ferne Südwesten?«
Lydia erzählte, daß sie als Kind viele Sommer hier verbracht hatte, und Mrs. Chilton schien über diesen Beweis von Begeisterung entzückt. »Als die Blakes herkamen, waren sie *völlig* fremd.

Ich erinnere mich, daß Mr. Blake vor Jahren mal seinen Vetter besucht hat, aber nur für eine Woche oder so, und das zählt ja kaum, und Mrs. Blake wirkt ganz – städtisch.«

»Sein Vetter muß ihn sehr gern gehabt haben.« Lydia überging die letzte Bemerkung und manövrierte den Wagen vorsichtig durch eine Kurve.

»Oh, Simon Wister hatte sehr viel Familiensinn. Es wäre ihm nie eingefallen, auch nur einen Stock oder Stein jemand anderem zu hinterlassen. Er starb eines Tages beim Golfspiel an einem Herzschlag«, setzte Mrs. Chilton nachdenklich hinzu, »obwohl er schon ein- oder zweimal vorgewarnt war. Jeder hat gesagt, wie gut es für ihn gewesen ist, daß er so sterben durfte.« Sie machte ein Geräusch, das wie ein Schnauben klang. »Ich persönlich habe das nie so sehen können. Ich würde viel lieber angesichts von irgend etwas sterben, das mir zutiefst zuwider ist, wie zum Beispiel den Kühlschrank ausräumen. Meine Einfahrt kommt jetzt gleich rechts.«

Die Scheinwerfer trafen die Einfahrt einen Augenblick später, gleich nach einem Birkenwäldchen hinter einer grauen Mauer. Lydia stellte überrascht fest, daß sie ein langes, schmales U gefahren war; läge nicht der bewaldete Hügel zwischen den beiden Häusern, hätte sie wahrscheinlich die Lichter des Blakeschen Anwesens sehen können. Das Haus am Ende der Auffahrt stand breit und niedrig vor einem Rest von rauchigem Silber am westlichen Horizont. Ein großes Fenster war erleuchtet; vermutlich war die Tochter zu Hause.

» . . . müssen herrliche Funde in New Mexico gemacht haben«, sagte Mrs. Chilton neidisch, und Lydia, die mit ihren Gedanken weit weg gewesen war, mußte sich zwingen, sich an die vorangegangene Frage zu erinnern. Sie sagte, daß man gerade erst in den letzten Jahren ein paar bedeutende archäologische Entdekkungen gemacht habe und – in Beantwortung einer weiteren Frage – daß ihre eigene Aktivität auf diesem Gebiet sich auf gelegentliche Wanderungen entlang einer Schlucht beschränkte, nach Regenfällen oder besonders starken Winden.

»Und was haben Sie gefunden?« Vielleicht lag es am Licht des Schaltbretts, das ihr erwartungsvolles Gesicht in ein eigenartiges Muster aus Licht und Schatten tauchte, daß Mrs. Chilton so gespannt und hoffnungsvoll aussah wie ein Kind. Konnte sie trotz ihres vernünftig wirkenden Auftretens tatsächlich nur in Gold oder anderen Werten denken?

»Oh . . . ein paar indianische Tonscherben, versteinertes Holz, manchmal geschliffene Steine – nichts Wertvolles, aber es macht Spaß, danach zu suchen«, sagte Lydia und hielt neben einem großen, altmodischen Wagen, der vor der Haustür stand.
»Simon Wister hat mal ein Stück von einem Zinnteller gefunden.« Mit erneuten Danksagungen manövrierte Mrs. Chilton sich und ihren Stock aus dem Volvo und beugte sich nochmals hinein, um etwas zögernd zu fragen: »Wollen Sie nicht reinkommen und meine Tochter Candida kennenlernen?«
Irgend etwas in Lydias Zwerchfell sprang hoch wie ein erschreckter Fisch. Sie sagte: »Ich glaube, ich fahre besser nach Hause«, und Mrs. Chilton zog sich zurück und erwiderte offensichtlich erleichtert: »Vielleicht sehe ich Sie noch mal, bevor Sie abreisen.«
Gute-Nacht-Wünsche, Winken. Lydia stieß zurück und wendete. Im Rückspiegel sah sie, wie die Tür, die sich hinter Mrs. Chilton geschlossen hatte, wieder geöffnet wurde und ein Mann heraustrat. Es währte nur den Bruchteil einer Sekunde, ehe er sich umwandte, um sich zu verabschieden; trotzdem konnte Lydia ihn einwandfrei als ihren Partner beim Polterabendessen identifizieren.

Es war halb sechs, als sie das Haus der Donahues erreichte. Durch die erleuchteten Fenster der Häuser mitten in Wäldern und auf Hügeln, an denen sie vorbeifuhr und die am Tag völlig unbewohnt schienen, glaubte man, es habe sich eine neue Landschaft über die alte geschoben. Um drei Uhr nachmittags war es ihr nicht eingefallen, ein Licht brennen zu lassen, und als sie den Schlüssel ins Schloß steckte, dachte sie, daß das nicht gerade klug gewesen war. Jeder, der die Lokalzeitung las, und das tat praktisch die ganze Stadt, wußte von der Hochzeit in der Familie, und obwohl man die Abreise der Donahues nicht erwähnt hatte, war doch der Volvo den ganzen Nachmittag fort gewesen.
Die Dunkelheit im Hause roch nur schwach nach Blumen und schien völlig ungefährlich zu sein. Nichts von leisem Flüstern oder unheimlichen Bewegungen. Trotzdem ging Lydia zum Schrank hinauf, in dem die meisten Hochzeitsgeschenke verwahrt wurden, nachdem sie die Lampen eingeschaltet hatte, wobei ihre Beine nach zehn Jahren Wohnen zu ebener Erde beim Treppensteigen immer noch seltsam reagierten. Die Schranktür

war fest verschlossen.
Unten in der Küche, die zu einer Zeit gebaut worden war, in der man Küchen zu mehr benutzte als nur zum Kochen, und die die ganze Breite des Hauses einnahm, machte sich Lydia einen Drink und inspizierte den Kühlschrank. Eine reichliche Portion Roastbeef und fast ein halber Truthahn waren übriggeblieben. Sie fand Tomaten und schnitt sie zum Grillen auf, schaltete den elektrischen Herd an, der neben dem alten schwarzen gußeisernen stand, warf einen liebevollen Blick auf den runden, verkratzten, aber unverwüstlichen Eichentisch, wo sie und Tracey sich an unzähligen Regentagen beschäftigt hatten, und trug ihren Drink ins Wohnzimmer zu den Sechsuhrnachrichten.
Der Teich über der Straße blinkte, als sie die moosgrünen Samtvorhänge zuzog. Sie sah sich die Nachrichten an, ohne sie wirklich aufzunehmen. Der zarte Duft von Rosen und Nelken und bald darauf von gegrillten Tomaten machte dem salzigen Geruch nach nassen Badeanzügen, feuchtem Holz und brutzelnden Würstchen Platz . . .

. . . Sechzehn Jahre war sie damals gewesen, in jenem letzten Sommer, bevor sie mit ihren Eltern wegen dem Gesundheitszustand ihres Vaters in den Südwesten zog, und sie hatte sich bis über beide Ohren in Kewpie Blythe verliebt. Er war ein Sommergast gewesen, wie sie, ein großer siebzehnjähriger Junge mit einem Faunsgesicht, dem fast der ganze Strand zusah, wenn er seine eleganten Tauchkunststücke vorführte. Ihm zuliebe hatte Lydia das erste Floß, beliebtes Ziel ihrer Kusinen, unkameradschaftlich verlassen und war zum zweiten Floß, ein paar hundert Meter weiter, geschwommen. Um seinetwillen hatte sie, das Haar mit einem rosa Band zurückgebunden, anstatt von einer strengen Badekappe bedeckt, lässig gesagt: »Sag mir, was ich falsch mache, bitte!« und war mit Todesverachtung vom Sprungbrett gesprungen.
In ihrer Unerfahrenheit war sie zu tief getaucht. Die schwere Kette, an der das Floß verankert war, streifte ihre Wange, und der harte, gewellte Sand rief die Erinnerung an eine Klassenkameradin Traceys wach, die sich im Vorsommer mit einem Finger hoffnungslos in der Kette verfangen hatte und ertrunken war. Sie strampelte verzweifelt mit den Beinen, kam zerkratzt und nach Luft schnappend an die Oberfläche, wo Kewpie, wassertretend, ihr die Hand entgegenstreckte. »Erschreck mich nicht

so!« sagte er, und sie schwammen langsam zusammen zurück zum Strand.
»Du brauchst ein paar Tauchstunden, vielleicht fünfzig«, erklärte Kewpie großspurig und hielt beschützerisch ihre Hand, während sie den hohlklingenden Holzsteg zum Pavillon zurückwanderten. Da saßen wie üblich Zuschauer auf den Bänken. Seht mich an, dachte Lydia glücklich. Ich geh' mit Kewpie Blythe spazieren!
Der Pavillon mit seinen Blechen voll Kuchen und Coca-Cola-Automaten, der Musikbox und den rauhen, wackligen Tischen war für die Jugend eine Art Klub. Wenn man ihn mit einem vielumworbenen Jungen besuchte, gewann man an Ansehen. Augen rollten vielsagend oder blinzelten, Köpfe neigten sich zueinander, es wurde geflüstert. Lydias Herz klopfte vor Verliebtheit und Aufregung, als Kewpie Blythe elegant mit zwei Colas zurückkam, sie mit hochgezogenen Brauen ansah und sagte: »Wo bist du denn her?«
»New Roch-« begann sie.
Aber plötzlich, wie ein Blitz aus heiterem Himmel, interessierte sich Kewpie Blythe nicht mehr dafür, woher sie kam oder wohin sie ging. Er war in die Höhe geschnellt und sagte: »Hallo!« in einem beiläufigen Ton, der durch seinen roten Kopf Lügen gestraft wurde. Lydia drehte sich um, und da stand in einem blaßrosa Leinenkleid Candida Chilton hinter ihr.
Candida war neunzehn und ein Objekt beträchtlicher Ehrfurcht in Elder's Farms. Sie sprach nicht nur mit englischem Akzent, sie war auch gerade von einem einjährigen Auslandsaufenthalt zurückgekommen. Ihr aschblondes Haar war auf ihrem Kopf gekonnt zu einem Knoten geschlungen, und mit ihrer zarten Haut und den schiefergrauen Augen sah sie wie eine aufreizende Madonna aus. Wer sich beliebt machen wollte, sagte, sie sei schüchtern. Vernünftige Leute bezeichneten sie als arrogant. Lydia, eben noch so herzklopfend glücklich, fühlte sich in ihrem Badeanzug wie eine nasse Ratte; sogar der an ihren Füßen getrocknete Sand schien laut zu knirschen.
Der Blick der schiefergrauen Augen streifte sie kurz, die Winkel des feingeschnittenen Mundes zogen sich mit einer winzigen Bewegung nach unten: Candidas Lächeln. Näselnd sagte sie zu Kewpie: »Irgendwer hat gesagt, du verstündest was von Autos. Würdest du meines mal starten?«
Kewpie Blythe äußerte weder, daß er gleich zurückkäme, noch

beauftragte er Lydia, auf sein Cola aufzupassen. Er murmelte bloß ein zerstreutes »Bis bald«, das genausogut »Lebwohl für immer« hätte lauten können, und ging mit Candida Chilton so hastig fort, daß er im Weggehen gegen den Tisch stieß.
Es war nur logisch, in Candida den Mittelpunkt allen Interesses zu sehen. Lydia bemühte sich, unbeeindruckt an ihrem Cola zu nippen, das sich wie eine Ladung Eiswürfel in ihren Magen legte, starrte amüsiert in die Ferne, als ob ihr gerade etwas Lustiges eingefallen wäre, und verließ den Pavillon mit gutgespielter Gelassenheit. Zum Glück für ihre Fassung hatte sie über den Wunden, die Kewpie Blythe ihr geschlagen hatte, ihre glühende, blutverschmierte Wange ganz vergessen.

Lydia kehrte in die Wirklichkeit zurück und merkte, daß sie auf eine Reklame für Kopfschmerzen starrte. Ein großer Gong schlug im Inneren eines Frauenkopfes an. Das Gesicht war vorwurfsvoll und schmerzverzogen. Sie sprang rasch auf, schaltete den Fernseher aus und ging in die Küche, um nach den gegrillten Tomaten zu sehen.
Candida Chilton hatte heute abend nicht Rosa getragen, dachte sie so nebenbei. Im Hausgang hatte sie warmes Rot leuchten gesehen. Merkwürdig, daß sie überhaupt keine Verbindung hergestellt hatte, als Emmett Blake sie Mrs. Chilton vorstellte, aber der Nachhall auf ihr Auftauchen damals, vor so vielen Jahren, prickelte noch in ihr; sie hatte in zehn Jahren andere englische Akzente gehört; hierin bestand zwischen Mutter und Tochter nicht die entfernteste Ähnlichkeit.
Im Eßzimmer läutete das Telefon, erschreckend wie immer in einem leeren Haus. Lydia meldete sich, automatisch darauf vorbereitet, eine weitere Nachricht für die Donahues aufzunehmen, nach zwei anderen, die sie bereits am Abend vorher notiert hatte. Eine Männerstimme sagte: »Lydia Peel?«
Aus irgendeinem Grund erkannte sie die Stimme sofort, obwohl sie sich seinen Namen nicht gemerkt hatte und sich nur an seine belustigten Blicke erinnerte, als sie sich während des Polterabendessens so bemühte, wachzubleiben.
»Hier spricht Desmond Moran. Ich habe Ihr Feuerzeug; Sie haben es neulich abends auf dem Tisch liegengelassen. Ich bin in der Stadt und könnte es Ihnen vorbeibringen, in etwa fünf Minuten, wenn ich nicht störe.«
Lydia sagte: »Überhaupt nicht«, und daß es sehr nett sei. Sie

schaltete den Grill aus, und vielleicht als Reaktion auf die deutliche Erinnerung an nasses Haar, den feuchten Badeanzug und die sandigen bloßen Füße schminkte und kämmte sie sich in dem Raum, der ihr während ihrer damaligen Sommerferien so riesengroß erschienen war. Es war einfach nur das untere Badezimmer. Sie hatte das Feuerzeug vermißt, fast ein wenig darum getrauert, obwohl sie, seit sie einmal ein Dunhill-Feuerzeug – ein Weihnachtsgeschenk – verloren hatte, sich an weniger kostbare hielt.

Ein paar Minuten später ertappte sie sich bei dem Gedanken, daß Desmond Moran nicht im entferntesten wie Kewpie Blythe aussah, ausgenommen seine Augen, die so klar waren, als käme er gerade vom Schwimmen. »Ich hätte es Ihnen schon früher zurückgebracht, aber ich mußte nach Forest Hills und Pate spielen«, sagte er. »Wie ist es Ihnen inzwischen ergangen?«

Vielleicht, weil der Nachmittag so besonders merkwürdig gewesen war und die Feierlichkeiten, der Champagner und die allgemeine Fröhlichkeit schon so weit entfernt schienen, merkte Lydia nicht gleich, daß er die Hochzeit meinte. »Danke, gut. Tracey hat wundervoll ausgesehen«, sagte sie nach kurzem Zögern, weil sie doch nicht einfach so dastehen und ihn anstarren konnte, und er schließlich ein guter Freund der Donahues war: »Darf ich Ihnen einen Drink anbieten?«

Als er mit dem Glas in der Hand dasaß, nachdem er seinen Mantel achtlos über das andere Ende der Couch geworfen hatte, mit einer Bewegung, als machte er das mit allen Mänteln so, antwortete er auf ihre höfliche Frage nach dem erwähnten Patenkind: Es sei ein Mädchen, so kahlköpfig, daß ein Ei daneben haarig wirkte, ihr Haar aber, sofern sie jemals welches bekäme, wahrscheinlich dem Lydias sehr ähnlich sehen würde. Ohne Übergang fügte er hinzu: »Wie ich bemerkte, haben Sie Ihre Freunde, die Blakes, gefunden.«

Wahrscheinlich hatte Mrs. Chilton auf die Frage ihrer Tochter, wer sie heimgebracht habe, davon berichtet. »Ja, das habe ich«, sagte Lydia und ließ die Bezeichnung »Freunde« durchgehen, weil eine Erklärung zu mühsam gewesen wäre. Sie griff nach einer Zigarette, und Moran zündete sie ihr mit ihrem eigenen Feuerzeug an. »Ich hörte, die Blakes hätten in Boston gelebt, ehe sie herzogen; aber wissen Sie«, er saß wieder auf der Couch, hatte einen Arm über die Lehne gelegt, entspannt und ungezwungen, »ich könnte schwören, daß ich Mrs. Blake vor drei Jahren in New

Orleans gesehen habe.«
Lydia blickte ihn verwundert an. »Leute verreisen eben manchmal. Besonders die aus Boston.«
»Ich weiß. Ich habe es Mrs. Blake gegenüber auch erwähnt, und sie sagte, daß sie New Orleans schon immer gern einmal gesehen hätte, aber noch nie dort gewesen sei. Na, gut . . .« Er zuckte die Achseln, als ob er das Interesse verloren hätte, doch seine Augen blieben wachsam. »Hat sie eine Schwester?«
»Ja, sie –« begann Lydia und schloß sofort den Mund. Wenn Desmond Moran Paula Blake tatsächlich in New Orleans gesehen hatte und Paula das aus irgendwelchen Gründen leugnete – wie kam sie dazu, ihm zu sagen, daß kein Mensch Susan McGrath mit ihrer Schwester verwechseln konnte? Sie sah Moran mit ausdruckslosem Gesicht an, und das Läuten des Telefons unterbrach eine Stimmung, die fast feindselig zu werden drohte.
»Kann ich, bitte, Miss Lydia Peel sprechen?« Eine weibliche Stimme, hell, knapp, energisch. Sie erweckte den Eindruck, daß in den Häusern, in denen sie anrief, sich immer zuerst Angestellte am Telefon meldeten.
»Hier spricht Lydia. Hallo, Candida.«
»Lydia! Daß du meine Stimme nach so vielen Jahren wiedererkennst! Meine Mutter erzählte mir, daß du hier bist und sie sogar nach Hause gefahren hast.« Na, sie hatte jedenfalls aufgehört, Mummy zu sagen. »Wir müssen uns unbedingt sehen, solange du hier bist – wie wäre es morgen, wenn ich dich jetzt schon am Telefon hab'?«
Lydia wollte eigentlich sagen, sie sei bis zu ihrem Abflug voll ausgebucht, gab dann aber ihrer Neugier nach: Wie mochten sich die letzten zehn Jahre auf Candida ausgewirkt haben? Sie einigten sich auf vier Uhr, so daß Candida hinterher noch früh genug nach Hause kam, um ihren Jungen zu versorgen.
»Oh, und dürfte ich einen Freund mitbringen?« Kaum zu glauben: Die selbstbewußte Stimme klang nun ein wenig unsicher. Lydia sagte: »Selbstverständlich«, und meinte, daß damit und mit beiderseitigen Versicherungen, wie sehr man sich darauf freue, das Gespräch zu Ende sei. Das war aber nicht der Fall. »Ist Desmond Moran zufällig bei dir?« fragte Candida.
Lydia kam sich sofort wie ein Barmixer vor, der Gespräche vermittelt. »Ja, das ist er. Augenblick«, antwortete sie und legte den Hörer auf das kleine Bücherregal. »Für Sie«, sagte sie zu ihrem

Gast, schon von der Schwelle des Wohnzimmers aus. »Candida Chilton!«
»Candida Blackwood«, verbesserte Desmond Moran. »Ich habe ihr gegenüber erwähnt, daß ich Ihnen vielleicht Ihr Feuerzeug zurückbringe.« Lydia, die ins Wohnzimmer weiterging und sich dort eine Zigarette anzündete, viel zu schnell nach der ersten, hörte ihn sagen: »Ja . . . nein, macht überhaupt keine Mühe . . . etwa eine halbe Stunde, vermutlich.«
Der Hörer wurde aufgelegt, Desmond Moran tauchte aus dem Eßzimmer auf und schlüpfte mit Schwung in seinen Mantel. »Sie hat einen etwa vierjährigen Jungen«, sagte er leichthin, schon an der Tür. »Ein prächtiger kleiner Bursche – Sie sollten ihn Klavier spielen hören. Danke für den Drink; wenn ich darf, möchte ich mich gern revanchieren.«

Lydias Tomaten, die noch nicht ganz gar gewesen waren, als sie den Grill abgestellt hatte, waren nun zu kleinen Elendshäufchen zusammengefallen. Sie schnitt Roastbeef zu dünnen Scheiben, fand einen Rettich und aß ihr Abendbrot im Eßzimmer, das mit seinem Kamin und dem Kachelofen, dem langen Spiegel und dem schwarzen Türbeschlag ihr Lieblingsraum im Haus war. Sie räumte die Küche auf, las noch lange und nahm dann ihr Buch mit hinauf ins Schlafzimmer.
In der vorangegangenen Nacht hatte sich das Problem Miles Marsh – sollte sie Susan von seinen Diebstählen erzählen oder nicht? – wie ein Gebirge vor ihr aufgetürmt. Heute abend trat an die Stelle des Gebirges nur ein Schatten, der sich leichter verwischen ließ und erlaubte, die Deutung einiger Erlebnisse dieses unendlich langen Tages auf wahrscheinlich mißverstandene Worte zurückzuführen, die gesagt worden waren.
Irgendwann erwachte sie durch ein bedrohliches Geräusch; aber obgleich sie noch nie vorher im Spätwinter hiergewesen war, wußte sie doch, daß die Temperatur stark gefallen sein mußte und das Geräusch nur auf eine neue Spannung im Eis des Teiches auf der andern Straßenseite zurückzuführen war.

4

Desmond Moran lag in seinem gemieteten Apartment hinter dem Besitz der Chiltons wesentlich länger wach als Lydia Peel. Er fühlte sich wie ein Mann, der sich einen Schiefer eingezogen hatte. Man konnte den Splitter nicht ignorieren, er wollte nicht von selbst herausgehen und mußte deshalb gewaltsam entfernt werden.
Er gehörte zu den zwölf Menschen von zweiundsiebzig Passagieren, die sich bei einem Flugzeugabsturz vor zwei Monaten hatten retten können. Seine gebrochene Schulter und das Schlüsselbein waren geheilt, die Brandwunden an den Beinen vernarbt, aber er war noch nicht mit dem fertiggeworden, was er unmittelbar nach der Katastrophe hatte sehen und hören müssen. Eine Reportage, die er noch vom Krankenhaus aus losgeschickt hatte, brachte nur teilweise Erleichterung. Die Zeitung, bei der er arbeitete, hatte ihm Erholungsurlaub gegeben, und als er aus dem Krankenhaus entlassen wurde und die Straßen von Manhattan sah, die Menschenmengen, die sich an den Straßenübergängen sammelten, mit gehetzten Gesichtern in die U-Bahn drängten und wieder hinaus, die ewige sinnlose Hetze, da hatte er nach einem besseren Ort gesucht, um auch seine seelischen Narben heilen zu lassen.
Er war mit Kevin Howard im College gewesen und traf ihn auch heute noch hin und wieder. Mit Kevin, der schon als Absolvent entschlossen gewesen war, Joan, eine der Donahue-Töchter, zu heiraten, war er öfter über das Wochenende nach Elder's Farms gefahren. Eine Zeitlang hatte er sich sehr um Joans ältere Schwester Elizabeth bemüht; aber dann kam ein Punkt, an dem ihre gegenseitige Zuneigung abkühlte. Sie mochten sich sehr gut leiden, und das war alles.
Elder's Farms erschien ihm, wahrscheinlich wegen dieser unbeschwerten Tage, wie eine Oase. Kevin Howard hatte zuversichtlich gesagt: »Meine Schwiegereltern werden eine passende Wohnung für dich finden«, und das hatten sie auch getan.
Das Apartment war von Edward Chilton gebaut worden, einem Kinderfotografen, als Studio, Dunkelkammer und Büro. Als geschäftstüchtiger Mann hatte Chilton sich seine jungen Modelle genau ausgesucht, und das Ergebnis war, daß ein »Porträt von Chilton« zu einer Qualitätsbezeichnung geworden war. Er verdiente sehr gut, betrachtete es aber als absolute Lebensnotwen-

digkeit, zweimal im Jahr zu einem längeren Aufenthalt nach Europa zu reisen. Nach seinem Tode stellte sich deshalb heraus, daß Mrs. Chilton ihr Einkommen aufbessern mußte. Das etwas umgebaute Studio-Dunkelkammer-Büro hatte vor Moran bereits einige Mieter gehabt, meist im Sommer, und manchmal suchte er nach einer Erklärung für den großen braunen Topf voll Hickorynußschalen, der in einer Ecke des Wohnzimmers stand. Irgend jemand hatte wohl die Nußschalen bemalen wollen – als Souvenir an die Wälder, anstatt an den Strand – oder sie gesammelt, um die Eichhörnchen zu ärgern.

Aus reiner Gewohnheit und als seinen persönlichen Versuch den Teufel auszutreiben, hatte er angefangen, auf seiner Schreibmaschine zu klappern. Was er zunächst als Kurzgeschichte über einen Flugzeugabsturz geplant hatte, wurde länger und länger, ging über seine ursprüngliche Absicht hinaus. Während der Vormittage arbeitete er, nachmittags ging er spazieren und fuhr zwei- bis dreimal wöchentlich in die Stadt, um das Nötigste einzukaufen. An einem schneereichen Tag im späten Februar hatte er sich im einzigen Supermarkt von Elder's Farms gerade mit Milch versorgt und griff nach Kaffee, als eine weibliche Stimme hastig murmelte: »Schnell, laß uns rausgehen, da kommt diese schreckliche Person!«

Einen Augenblick lang glaubte Moran verärgert, daß sich diese wenig schöne Bezeichnung auf ihn bezog; dann wandte er den Kopf und sah am anderen Ende des Ganges die untersetzte, energische Gestalt von Mrs. Chilton sich nähern. Er war trotzdem nicht besänftigt; er mochte Mrs. Chilton und war sofort bereit, die Sprecherin abzulehnen. Er blickte sich um. Sie sah gleichzeitig über die Schulter zurück, als ob sie plötzlich fürchtete, jemand habe sie gehört. Sie war nicht groß, Mitte oder Ende Dreißig, hellgrüne Augen hinter einer Hornbrille, das rotbraune Haar seitlich gescheitelt, vielleicht etwas übertrieben selbstsicher. Es klickte in seiner Erinnerung so exakt wie ein Diapositiv, das man in seinen Rahmen steckt.

Es war in New Orleans gewesen. Er konnte sich nicht daran erinnern, sie von irgendwo näher zu kennen. Er hatte seinen Bericht über den Karneval, weswegen er gekommen war, fertig, und weder er noch der Kollege, der ihn an jenem Abend begleitete, waren ganz nüchtern. Nachher haftete die Begegnung mit ihr als etwas Unangenehmes in seiner Erinnerung.

Eine Woche nach der Szene im Supermarkt hatte ihm Mrs. Chil-

ton sie und ihren blonden Begleiter in der Leihbibliothek als Paula und Emmett Blake vorgestellt. Da hatte er gesagt: »Wir haben uns vor drei Jahren schon mal getroffen, glaube ich, in New Orleans, beim Karneval. Aber ich muß gestehen, daß ich mich nicht mehr so genau an die Umstände erinnern kann.«
Sie hatte bedauernd gelächelt: »Leider nicht.« Der hellgrüne Blick war offen und sicher. »New Orleans ist eine Stadt, die ich gern einmal sehen würde, aber noch nie gesehen habe.«
Als die Blakes gegangen waren, wirkte Mrs. Chilton nachdenklich und ein wenig beunruhigt. »Simon Wister und ich waren zwanzig Jahre lang Freunde, und ich hatte gehofft – mein Haus liegt ein bißchen einsam –, mit den Blakes zumindest in gutnachbarliche Beziehung zu kommen, als sie einzogen. Ich habe Annäherungsversuche gemacht, keine aufdringlichen, hoffe ich, unter diesen Umständen, aber manchmal glaube ich, eine Aussatzglocke um den Hals zu haben.«
Wenn er in seiner Zeitungsredaktion mitten in der Arbeit gesteckt hätte, hätte er Paula Blakes Leugnen als eines jener unerklärlichen Dinge abgeschrieben, von denen die Welt voll ist – oder er hätte es sogar verstanden, denn ihr Mann war dabei, und sie hatte ihm vielleicht von der Reise nichts erzählt. Und außerdem – Menschen empfanden nun manchmal unverständliche Abneigung. Aber er arbeitete nicht ernstlich, und so fügte sich ein kleines Rätsel zum andern.
Kein vernünftiger Mensch konnte Mrs. Chilton als langweilig oder lästig empfinden. Mit über sechzig steckte sie voller Pläne, drängte die Menschen aber nie, sich daran zu beteiligen; es waren immer ihre eigenen Vorhaben, die sie allein ausführte. Er wußte von ihrer sie mißbilligenden Tochter, daß sie einmal, angeregt durch einen Zeitungsartikel, aus alten Strümpfen einen Teppich angefertigt hatte. »Ist er nicht gräßlich?« hatte sie nachdenklich zu dem Resultat gesagt. Als nächstes hatte sie einen Stenographiekurs an der Volkshochschule mitgemacht: »Man kann da viel leichter Nachrichten annehmen, weißt du.« Sie hatte wohl kurzfristig vergessen, daß sie allein lebte. Irgend jemand hatte ihr eine Biographie von Schliemann gegeben, und nun war sie ständig mit Archäologie beschäftigt oder, wie sie recht treffend sagte, grub einfach so herum.
Das war diese »schreckliche Person« gewesen.
Moran stieg aus dem Bett, tappte im Dunkeln umher, fand Zigaretten und Streichhölzer neben seiner Schreibmaschine auf dem

Schreibtisch. Lydia Peel schien ihm, trotz ihres ungewöhnlich guten Aussehens irgendwie verletzlich wirkend, keine Seelenfreundin von Paula Blake zu sein. Dafür hatte sie sich heute abend zu ablehnend verhalten; offensichtlich hatte sie etwas über Paulas Schwester sagen wollen und es dann unterdrückt. Er glaubte erraten zu können, was es gewesen war.
Und sie mochte Candida nicht. Moran genoß Candida geradezu; sie war dekorativ, reizvoll, snobistisch und räuberisch. Obwohl ihre Scheidung noch lief und sie sich anständig benehmen mußte, wenn sie die Vormundschaft über ihren kostbaren Sohn behalten wollte, hatte sie ein unbezähmbares Bedürfnis, sich die Aufmerksamkeit jedes in Reichweite befindlichen Mannes zu sichern. Daher auch ihr Anruf heute bei Lydia Peel. »Desmond, bist du so lieb und holst in der Drogerie Mutters Schlaftabletten? Ich würde reinfahren, aber Wendy Telfair hat Harry und mich für heute abend eingeladen – ihr Mann ist verreist –, und ich packe gerade Harrys Spielzeug zusammen . . .«
Moran, der keine Ahnung hatte, wer Wendy Telfair war, wunderte sich, von einer Frau, die den nachhaltigen Eindruck erweckte, daß sie nur tat, wozu sie Lust hatte, eine so genaue Begründung für ihr Handeln zu hören. Außerdem glaubte er, daß niemand, der an Schlaflosigkeit litt, seine Schlaftabletten ausgehen ließ, besonders nicht, wenn er außerhalb der Stadt lebte. Das wurde ihm durch Mrs. Chilton bestätigt, als er ihr das Röhrchen übergab und sie ihm etwas zerstreut dafür dankte: »Ich hoffe, es war nicht zuviel Mühe für Sie; es hätte noch reichlich Zeit gehabt.«
Candida hatte sich mit dem Zusammenpacken des Spielzeugs nicht zu sehr beeilt. Sie kämpfte noch immer mit dem Reißverschluß eines Leinenbeutels, und wegen der harten, ärgerlichen Bewegungen ihrer Hände hoffte Moran, daß der Beutel nichts Zerbrechliches enthielt. Sohn Harry, den dunkelblauen Mantel mit den Messingknöpfen bis oben zugeknöpft, begleitete das Geschehen, indem er mit der Regelmäßigkeit eines Metronoms mit den Füßen an ein Couchbein stieß. Als seine Großmutter gutmütig bemerkte: »Das würde ich lieber nicht machen, Harry«, hob er sein zartes Gesichtchen mit dem honigfarbenen Haar und beschleunigte das Tempo nur noch, mit dem er zutrat.
Selbst ein Toter hätte merken müssen, daß er störte – etwa Candidas Absicht? Moran sagte hastig und allgemein gute Nacht und fuhr aufatmend davon.

Er rauchte seine Zigarette an einem Fenster im Wohnzimmer, von dem man bei Tag eine Quelle am Fuß eines Rasenhangs sah. In dem Wunsch, seine Arbeit von seiner Wohnung zu trennen, hatte der verstorbene Edward Chilton das Studio so gebaut, daß die Haupträume zum Garten hin lagen. Moran ging ins Bad, um sich ein Aspirin zu holen, sah auf die Uhr – zehn Minuten nach eins – und blickte automatisch aus dem kleinen hochliegenden Fenster zum Haus der Chiltons hinüber.

Wie so oft, entweder in der Erwartung der Wirkung ihrer Schlaftablette, oder in der Hoffnung, ohne eine solche einschlafen zu können, las Mrs. Chilton offensichtlich noch. Doch Moran schien, als ob der Lichtschein hinter den Vorhängen heute nacht seltsam flackerte, und irgendein unsinniger Gedanke über kaputte Glühbirnen zuckte ihm durch den Kopf, ehe ihm klar wurde, daß das Schlafzimmerfenster nicht goldfarben wie sonst leuchtete, sondern von gedämpftem Orangerot war.

Er raste zum Telefon, wählte und erreichte eine erschrockene, aber tüchtige Beamtin, die er alarmierte, schlüpfte in seine Schuhe und rannte, noch im Kampf mit den Ärmeln seines Regenmantels, über das dunkle Feld zu ihrem Haus. Das zuckend orangefarbene Fenster sah ihm ruhig entgegen, fast wie eine Katze, der noch Zeit genug bleibt, den Vogel in ihrem Maul zu töten.

Der Morgen war grau, Schnee lag in der Luft. Lydia Peel schlief lange und genoß diesen Luxus, zumal sie irgendwann in der Nacht entfernte Sirenen geweckt hatten. Es war elf Uhr, ehe sie, mit Schal und Handschuhen gegen den Wind gerüstet, am Hopomoc-Strand stand.

Bei einem solchen Sturm, der den Rauch aus den Kaminen jagte, zum Strand zu laufen, hätten manche Leute verrückt gefunden. Aber Lydia hatte viele Feriensommer hier verbracht und immer gern beobachtet, wie sich die städtischen Wochenendgäste aus New York wegen dem Wind kaum auf den Füßen halten konnten. Außerdem hatte sie ein fast physisches Verlangen nach dem Anblick des weiten Meeres. Und da lag es vor ihr. Das Wasser des Sunds rollte eisig dunkel auf sie zu, so drohend, als berge er Haie und gestrandete Schiffe, und hier und da zeigten sich weit draußen gefährliche weiße Wellenkämme. Bei voller Flut gab es keine freundlichen kleinen Schaumkronen.

Möwen kreischten weiß leuchtend am grauen Himmel, und ihre

Schreie unterstrichen noch die Kälte und Leere. Sie warteten darauf, daß die Flut zurückging und ihnen einen Strand voll köstlichem Futter überließ. Die Flöße waren wegen der Winterstürme festgezurrt worden und sahen mit ihrer ergrauenden, vom Salzwasser zerfressenen Oberfläche und der Behaarung aus Seetang an den rostroten Tragtonnen aus, als ob sie nie wieder in warmen grünen Wellen schaukeln würden. Lydia schob die Hände tiefer in die Taschen, fröstelte und wunderte sich, daß sie jemals so vergnügt in diesem Wasser hatte schwimmen können. Als sie eine Wagentür schlagen hörte, wandte sie sich erschrocken um.

Es waren nur ein Mann und eine Frau, die Treibholz suchten und ihren irischen Setter laufen ließen; aber die unruhige Nacht hatte bei Lydia Spuren hinterlassen, sekundenlang fühlte sie Angst in sich aufsteigen. Sie winkte vage, die Leute winkten zurück. Dann kletterte sie über die glatten Steine zurück und fuhr weg.

In der Stadt kaufte sie eine Flasche Scotch, um den Getränkeschrank der Donahues nicht geplündert zurückzulassen, schlenderte dann die Regale entlang und überlegte, was Candida gern trinken würde, wenn sie am Nachmittag »mit einem Freund« vorbei käme. Dubonnet fiel ihr ein, oder Dry Sack. Sie entschloß sich für den Dubonnet, weil die Donahues den Rest wahrscheinlich lieber trinken würden, und nahm noch einen kleinen Topf Cheddarkäse in Portwein; dann ging sie zur Kasse.

Sie hatte nicht bewußt der leisen Unterhaltung zweier männlicher Kunden zugehört, aber einzelne Sätze waren trotzdem zu ihr gedrungen: »Nein, sie geben keine Einzelheiten bekannt, keine Anzeichen . . .« – »Na, damit zu rechnen war immer, bei Margery. Aber, mein Gott, was für eine schreckliche Art –«

Der zweite Sprecher war ein kleiner, älterer Mann in einem verwegen gegürteten Trenchcoat und mit einer übergroßen dunkelblauen Baskenmütze, die von jemand mit einem viel größeren Kopf geborgt zu sein schien. Er hatte den hochmütigen, frustrierten Ausdruck eines Modells, dessen Beliebtheit längst vergangen war. Alle Leute schwiegen plötzlich, als Lydia an der Kasse Scotch, Dubonnet und Käse hinstellte. Wie viele Städte in New England mit Sommergästen, liebte auch Elder's Farms seine winterliche Zurückgezogenheit.

Auf der Heimfahrt fiel ihr ein, wer der kleine Mann gewesen

war: Arthur Soundso, eine Type, die es in jeder Kleinstadt gibt. Mit sechzehn hatte sie ihn für mindestens achtzig gehalten; aus der günstigeren Perspektive von sechsundzwanzig schätzte sie ihn auf ungefähr siebzig Jahre. Er hatte so lange als Schriftsteller oder Künstler posiert, unterstützt durch die eindrucksvolle Größe seiner Baskenmütze, daß man ihn schließlich als solchen akzeptiert hatte, obwohl nie jemand ein gedrucktes Wort von ihm gelesen oder ein Bild von ihm gesehen hatte. Die Donahues bewunderten seinen feurigen Kampfgeist, und es hieß, daß städtische Veranstaltungen erst dann Leben bekamen, wenn Arthur aufstand und Gehör verlangte, egal worum es ging.

Lydia aß spät zu Mittag, inspizierte kritisch das Wohnzimmer, leerte die Aschenbecher aus und wischte ein wenig Staub. Die Hochzeitsrosen waren braun geworden und der Duft der Nelken schal, deshalb warf sie die Blumen weg. Am Ufer des Teichs auf der anderen Seite schnitt sie Weidenkätzchen; als die steif und adrett in den Vasen standen, wirkten sie fast wie künstliche Zweige. Um halb vier läutete das Telefon.

Candida kommt nicht, dachte Lydia, und war sich nicht klar, ob sie Erleichterung oder Enttäuschung empfand. Doch Candida sagte ohne Einleitung: »Lydia, ich muß dich um einen großen Gefallen bitten.«

Lydia war nicht sehr überrascht; sie hatte sich lediglich über Candidas Entschluß gewundert, sich mit ihr zu treffen. Sie waren keineswegs Busenfreundinnen gewesen. So sagte sie ein wenig zurückhaltend: »Gern, wenn ich kann.«

»Könnte ich meinen Jungen eine Weile bei dir lassen? Ich muß eine formelle Erklärung abgeben oder eine Aussage machen oder so etwas Ähnliches, obwohl ich mir nicht vorstellen kann, warum. Ich kann Harry doch nicht aufs Revier mitnehmen, und es ist einfach niemand da –«

Sie mußte Lydias völlige Verwirrung am andern Ende des Apparates gespürt haben, denn sie sagte mit belegter Stimme: »Du hast es noch nicht gehört? Meine Mutter ist letzte Nacht bei einem Brand in ihrem Zimmer umgekommen, oder besser gesagt, ganz früh heute morgen. Sie schwor mir, niemals im Bett zu rauchen, und ich glaubte ihr.« Das klang fast verärgert, aber Worte am Telefon konnten manchmal täuschen.

5

Lydia legte auf und wanderte ruhelos durch das Haus, unfähig sich hinzusetzen und auf merkwürdige Art verwirrt.
Die Sirenen in der Nacht: War das die Feuerwehr gewesen? Und: » . . . damit war bei Margery immer zu rechnen.« Hatten die Worte Mrs. Chilton gegolten, die vor weniger als vierundzwanzig Stunden noch lachend gesagt hatte, daß sie lieber sterben würde, wenn sie dabei mit etwas Unangenehmem konfrontiert würde? Sie war ihr nicht wie eine Frau vorgekommen, die das Leben ihrer Tochter, ihres kleinen Enkels und ihr eigenes leichtsinnig aufs Spiel setzte. Andererseits waren Leute, die im Bett rauchten, sicher, solange sie wachblieben.
Im Eßzimmer, wo sie eine Art Heimatinstinkt hatte verweilen lassen, überkam Lydia ein eigenartiges Gefühl, fast als säße sie in einem stehenden Zug, während der nächste auf dem Gleis daneben sich langsam in Bewegung setzte. Sie ging an ein Fenster, und tatsächlich gab es draußen Bewegung: Es hatte plötzlich zu schneien angefangen, nicht die üblichen ersten Flocken, sondern ein windgejagter Schauer wie feiner weißer Regen.
Obwohl es noch früh am Tag war, hatte sie die Eßzimmerlampen schon eingeschaltet, als Candida mit einem kleinen ernsthaften blonden Jungen in marineblauem Mantel mit Messingknöpfen ankam. Während eines kurzen Drucks von behandschuhter und bloßer Hand und den automatischen Fragen, die man unter den gegebenen Umständen nach zehn Jahren stellt, dachte Lydia – trotz ernster Vorsätze, nicht zu kritisch zu sein –, daß die Zeit Candida wenig verändert hatte. Vielleicht weil sie sich schon mit neunzehn so welterfahren gegeben hatte, wirkte sie jetzt geradezu unheimlich unverändert. Das fast weißblonde Haar war etwas dunkler geworden, Schnee und Wind hatten den blassen Teint zart gerötet, aber was Mund, Augen und ihre Haltung anlangte, hätte sie jetzt noch genauso näseln können: »Irgendwer hat gesagt, du verstündest was von Autos.«
»– und das ist dein kleiner Sohn«, hörte sich Lydia lächerlicherweise sagen, als ob Candida ihre Absicht geändert und ihren Großvater mitgebracht hätte.
»Ja, das ist Harry. *Harry*!« sagte Candida scharf und unterbrach damit das schweigsame Starren ihres Sohnes auf ein Sofabein, sie machten sich bekannt, und Harry zog gehorsam seinen Mantel aus.

»Möchtest du ein Glas Sherry oder etwas Ähnliches, Candida, bevor du . . . Du mußt völlig erschöpft sein«, sagte Lydia, als sie beschämt die zarten blauen Schatten unter den hochmütigen Augen wahrnahm.
»Ja, das bin ich ziemlich; aber ich möchte nichts trinken, danke, jetzt nicht. Aber du könntest–«, der Ausdruck ihrer schieferfarbenen Augen änderte sich. Candida sah nachdenklich auf ihren Sohn hinunter, der jetzt auf einem Bein stand und das andere wie ein Pendel schwingen ließ. »Hast du ein Klavier?«
»Ein –? Ja, dort drinnen.« Verwundert ging Lydia hinüber zu der weißen Doppeltür, die das große Wohnzimmer der Donahues in zwei Hälften teilte. Candida konnte sich doch wohl nicht hinsetzen und zur Beruhigung etwas Musik machen wollen?
»Na, also, Liebling«, sagte Candida, und Lydia, die die Lampe im Zimmer eingeschaltet hatte, trat zurück, als Harry an ihr wie an einem Portier vorbeiging und zum Klavier marschierte. Er wirkte wie ein Tiger, der sich seiner Beute nähert, dachte sie, und dann fiel ihr ein, was Desmond Moran gesagt hatte.
»Harry hat einen starken Hang zur Musik«, bemerkte Candida mechanisch, und ein Krachen zeigte an, daß der Klavierdeckel geöffnet worden war. Noch immer in ihrem Kamelhaarmantel, mit einem bronze- und cremefarbenen Schal um den Hals, saß sie auf der äußersten Ecke eines Stuhles und beugte sich ein wenig vor: »Übrigens, Harry und ich waren letzte Nacht gar nicht zu Hause«, sagte sie schnell und leise. »Harry war zum Schlafen bei einer Freundin von mir, und er meint, dort sei auch ich gewesen, und die Polizei glaubt das gleichfalls. Es könnte einige Schwierigkeiten geben, nachdem doch meine Scheidung noch läuft, und so dachte ich, es würde dir nichts ausmachen, wenn ich sage, ich hätte meine ursprünglichen Pläne geändert und die Nacht hier bei dir verbracht.«
Mit dem Teil ihres Verstandes, der nicht wie gelähmt war von der lässigen Unverschämtheit, mit der diese Worte vorgebracht wurden, dachte Lydia, daß Candida gar nicht so leise hätte sprechen müssen bei den dröhnenden Mißtönen, die von nebenan herüberdrangen.
»Es hätte ja wirklich so sein können«, fuhr Candida überredend fort, »weil du doch Mutter heimgefahren hast und ich dich danach angerufen habe. Wenn du gesagt hättest, du würdest früher als beabsichtigt wegfahren, hätte ich meiner Freundin erklären können, daß –«

»Tut mir leid, Candida«, unterbrach sie Lydia und bedauerte, daß sie es überhaupt soweit hatte kommen lassen. Es gab eine Reihe von Gründen, warum sie ablehnte: weil sie es nicht leiden konnte, wenn man über sie verfügte, besonders auf eine solche Weise; weil Candida diese Geschichte keinem Scheidungsanwalt, sondern der Polizei erzählen würde; weil sie, soweit Lydia wußte, den Donahues völlig fremd war. Aber sie sagte nur: »Dies ist nicht mein Haus, und ich möchte wirklich nicht auf eine solche Weise darüber verfügen.«
Harry rannte nun vor dem Klavier hin und her und schlug dabei ständig mit den flachen Händen auf die Tasten. Es war ein Fortschritt gegenüber seinem Lärm von vorher. Candidas Kopf fuhr gebieterisch zurück, als ob sie eine schneidende Bemerkung machen wollte. Dann, wie eine Frau, die es sich überlegt, ein Kleidungsstück wegzugeben, das sie vielleicht noch einmal brauchen könnte, stand sie auf, zog ihre Handschuhe an, lächelte kurz und hochmütig: »Na, gut, es war nur so eine Idee von mir. Ich bin zurück, so rasch ich kann.«
Nachdem sich die Tür hinter ihr geschlossen hatte, ging Lydia ins andre Zimmer und erklärte Harry, daß es an der Zeit sei, das Klavier etwas in Ruhe zu lassen. Die meisten Kinder hätten »Warum?« gefragt. Harry sah sie einfach an und drosch weiter drauflos. »Paß auf deine Finger auf«, sagte Lydia nur kurz, schloß den Deckel und schaltete das Licht aus.
In der Mitte des Wohnzimmers, wohin er mit den Füßen über den Teppich schleifend gelangt war, unterzog Harry die Möbel ringsum einer langen, sorgfältigen Musterung. Zu lächerlich, daß Lydia einen Moment lang froh war, die Aschenbecher geleert zu haben. Dann sagte er, gespannt auf die Wirkung: »Großmama«, – er legte die Betonung auf die letzte Silbe – »ist ganz verbrannt.«
Er konnte wirklich nicht viel älter als vier sein. »Ja, ich weiß.«
»In einem Feuer.«
»Es ist *sehr* traurig«, sagte Lydia ernst, worauf Harry sie ausdruckslos anblickte. Er hatte die Augen seiner Mutter. Die Hände in den Taschen seiner von Hosenträgern gehaltenen marineblauen Shorts trampelte er nun rings um den Perserteppich.
»Ich hab' in Wendys Haus geschlafen.«
»Das war sicher nett. Auch für Wendy«, sagte Lydia freundlich.
Harry umschritt sorgfältig eine Ecke. »Wo hat Mammi geschla-

fen?«
Also hatte, trotz Candidas Zuversicht, ihr Sohn seine Zweifel. »Sie hat auch in Wendys Haus geschlafen«, sagte Lydia – das Zugeständnis konnte sie schließlich machen – und, um ihn abzulenken und weil ihr das unentwegte Getrampel um den Teppich allmählich auf die Nerven fiel, schaltete sie einladend den Fernseher an. Als sie Harry erklärte, er sei schwarz-weiß, weil die Donahues Farbfernsehen nicht leiden konnten, kam sie sich höchst albern vor.
Merkwürdig, dachte sie, daß diese Freundin Wendy, die zuvor keine Skrupel hatte, Candidas nächtliche Abwesenheit zu dekken, nun anscheinend einen Rückzieher machte. Noch merkwürdiger, daß diese unbekannte Wendy es abgelehnt hatte, Harry aufzunehmen, während Candida zur Polizei mußte. Er mochte nicht gerade zuoberst auf der Namensliste der Menschen stehen, mit denen man auf einer einsamen Insel leben konnte, aber hier ging es doch schließlich um etwas, das niemand hatte voraussehen können.
Das Telefon läutete. Harry sah sich voll Tatendrang nach ihm um: »Ich gehe dran«, und er war ins Eßzimmer gerannt, ehe Lydia ihn aufhalten konnte. Sie schloß die Augen und zuckte zusammen, als sie ihn sagen hörte: »Hier spricht das Haus von Miss Peel«, und dann, unglaublich: »Mit wem spreche ich?« Er kam mit wichtiger Miene zurück: »Es ist Mrs. Blake.«
Wenn Paula Blake überrascht war, dann zeigte sie es nicht. »Lydia! Ich hab schon früher anzurufen versucht, aber das Telefon an der Tankstelle, das wir immer benutzen, war außer Betrieb. Wir werden uns doch noch ein eigenes anschaffen müssen. Sie haben die schreckliche Neuigkeit wohl schon gehört?«
»Über Mrs. Chilton? Ja, es tut mir so entsetzlich leid!«
»Uns auch. Die arme Seele! Wahrscheinlich sollte ich das nicht sagen, aber es ist wirklich ein Wunder, daß es nicht schon früher passierte.«
Nein, das hättest du nicht sagen sollen, nicht schon jetzt, dachte Lydia. Außerdem war Mrs. Chilton kein hilfloses altes Wrack gewesen.
». . . schlimm, daß die Tochter ausgerechnet in dieser Nacht nicht zu Hause war«, fuhr Paula Blake fort. »Desmond Moran – Mrs. Chiltons Mieter – muß sie aufgestöbert haben, nachdem er die Feuerwehr gerufen hatte. Uns haben die Sirenen geweckt, und als wir merkten, wo es brannte, fuhr mein Mann hinüber,

um zu helfen. Ihre Tochter kam anscheinend erst an, als alles vorbei war, und brach dann zusammen . . . Jedenfalls, es ist sehr hart, und natürlich komme ich mir sehr schlecht vor, weil ich gestern nicht so besonders nett zu ihr war. Ist es zu spät, ein gemeinsames Abendessen für heute vorzuschlagen, damit wir auf andere Gedanken kommen?«

»Nun, ich habe schon jemand hier«, sagte Lydia, die Harrys Aufmerksamkeit nicht durch die Nennung seines Namens wekken wollte, »und ich bin nicht ganz sicher, wann –«

»Ach ja, Ihr Anrufbeantworter«, sagte Paula scherzhaft. »Wie wäre es dann mit morgen abend? Wir könnten Sie um sieben abholen.«

Lydia erwiderte, sie würde sich sehr freuen, und ging zurück ins Wohnzimmer, wobei sie mit dem Gedanken spielte und ihn dann doch fallen ließ, Candidas Sohn zu sagen, daß man sich am Telefon mit einem schlichten »Hallo« meldete, sofern man nicht Butler oder Empfangschef war. Obwohl sie ganz deutlich eine vorangegangene schnelle Bewegung spürte, saß Harry, wo sie ihn zurückgelassen hatte, mit gekreuzten Beinen auf dem Fußboden, und sah eine Abführmittelreklame an, in der ein eben von der Reise zurückgekehrter Geschäftsmann, den Arm zärtlich um die Schultern seiner Frau geschlungen, ihr seine inneren Schwierigkeiten in Pittsburgh anvertraute. Und da reden sie über die Brutalität im Fernsehen, dachte Lydia und fragte Harry, ob er ein Glas Saft haben wollte. Er nickte, ohne den Blick vom Bildschirm zu wenden; offensichtlich wollte er den Augenblick nicht versäumen, in dem die liebende Gattin aus einer privaten Schatzkammer eine große Flasche hervorbrachte.

Desmond Moran hatte gewußt, wo Candida war; aus irgendeinem Grund fand Lydia das erstaunlich. Und warum hatte er nicht – wenn er schon ihr Freund und Vertrauter war – ihren Sohn für ein oder zwei Stunden bei sich aufgenommen?

Lydia schnitt sich am Eiswürfelbehälter, goß Saft ein und merkte zu spät, daß es schon nach fünf Uhr war. Sie kehrte rasch ins Wohnzimmer zurück und hörte den Nachrichtensprecher gerade noch sagen: » . . . siebenundsechzig, Witwe des bekannten Porträtfotografen Edward Chilton und langjährige Einwohnerin von Elder's Farms. Es wird angenommen, daß das Opfer im Bett geraucht hat.«

Lydia schaute besorgt in Harrys kleines, zartgeschnittenes Gesicht. Der Fernsehschirm war für Kinder höchste Autorität, und

diese Meldung würde ihm den Vorfall tiefer zum Bewußtsein bringen als alles andere bisher.
Sie hatte sich nicht getäuscht. Harry nahm ihr vorsichtig das Glas ab. Dann sagte er erfreut, wie jemand, der vorher noch nicht so recht daran geglaubt hatte: »Jetzt kann ich Omas Schuffel haben.«

Der Schnee begann, auf den Straßen liegenzubleiben, als Desmond Moran vom Büro der Telefongesellschaft wegfuhr, wo er eine Bostoner Nummer nachgeschlagen, aufgeschrieben und das Blatt in seiner Brieftasche verwahrt hatte. Er tat das, weil eine winzige, aber vielleicht sehr wichtige Sache heute morgen vom Wasserstrahl aus einem Feuerwehrschlauch fortgeschwemmt worden war.
Auf dem Heimweg fuhr er am Chilton-Haus vorbei, das so ruhig dalag, als ob nie ein Mensch darin umgekommen wäre. Rußgeschwärzte Stellen um die Eingangstür und an den Wänden der Diele, im übrigen aber hatte sich das Feuer auf Mrs. Chiltons Schlafzimmer beschränkt, wo es sich von einer Daunendecke, der Matratze und einer ganzen Wand aus Chintzvorhängen hatte nähren können. Er hatte sich verpflichtet gefühlt, eine Zeitung über das Fenster neben der Tür zu kleben, das er nachts eingeschlagen hatte, um hineinzugelangen. Erst gute drei Minuten nach ihm waren Feuerwehr und Ambulanz eingetroffen. Er hatte das Feuer gesehen, die Schlafzimmertüre geschlossen vorgefunden und deshalb gleich befürchtet, daß Mrs. Chilton durch den eingeatmeten Rauch erstickt war. Aber vielleicht hatte sie sich in das angrenzende fensterlose Badezimmer geflüchtet, hatte die Türritzen mit nassen Tüchern verstopft und wartete dort verzweifelt auf Hilfe. Er hatte gegen die Schlafzimmertüre getrommelt, schrie ihren Namen und riß die Tür auf, obwohl er wußte, daß der Luftzug alles noch schlimmer machen würde.
Sofort leckten die Flammen nach ihm, und dahinter loderte das Feuer neu entfacht hoch. Ehe er die Tür wieder zuschlug, hatte er gesehen, daß Mrs. Chilton tot war, wahrscheinlich war sie es schon gewesen, bevor er seine Wohnung verlassen hatte. Und noch etwas hatte er gesehen: Das Nachttischchen, auf dem ein Muschelaschenbecher stand, der seltsamerweise unversehrt geblieben war. Erst später, als man das Feuer löschte und einer der Feuerwehrmänner durchs Haus lief, um zu prüfen, daß niemand mehr drinnen war, obgleich er ihm das schon gesagt hatte,

wurde ihm die Bedeutung des Aschenbechers klar – doch da war es zu spät. Das Löschwasser hatte die zwei oder drei Zigarettenstummel aus dem Aschenbecher geschwemmt und ihn dann umgeworfen.
Noch ehe die wartenden Sanitäter mit ihrer Bahre hereinkamen, war er zum Telefon gegangen. Candida sollte die Nachricht nicht unvorbereitet in den Morgenmeldungen hören. Der Name Wendy Telfair war in sein Gedächtnis eingeprägt, als ob sie es beabsichtigt hätte. Es standen nur zwei Telfairs im Verzeichnis, und es war schon beim ersten Versuch die richtige Nummer.
»Hallo?« sagte eine schlaftrunkene Stimme; es war fast zwei Uhr.
»Mrs. Telfair? Ist Mrs. Blackwood da? Sagen Sie, Desmond Moran ist am Apparat. Es ist dringend.«
»Bleiben Sie dran . . .«
Trotz angestrengtem Lauschen hörte er keine sich entfernenden Schritte, keine entfernten Laute, die darauf hindeuteten, daß jemand geweckt wurde. Dann sagte Mrs. Telfair in entschuldigendem Ton: »Sie beruhigt gerade ihren kleinen Sohn, er hatte einen Alptraum. Kann ich etwas ausrichten?«
Moran berichtete, nicht gerade brutal, aber auch nicht gerade behutsam; als er einhängte, überlegte er, wie weit entfernt Candida wohl war. Nicht weit, wie sich herausstellte, eine Zeitspanne zum Anziehen eingerechnet. Sie erschien eine halbe Stunde später, und er entdeckte nun, daß auch Emmett Blake da war. Er sah genauso gepflegt aus wie damals, als er ihn in der Bibliothek getroffen hatte, jedenfalls wesentlich gepflegter als er selbst mit seinen bloßen Füßen in den Schuhen. Blake sagte: »Mein Gott! Das hätte ich mir nie träumen lassen –« und brach ab, mit einem plötzlichen Schauder, und dann, mit einem Blick auf Candida: »Ich glaube, sie wird ohnmächtig.«
Im Lauf seiner Arbeit für die Zeitung hatte Moran einige Ohnmachtsanfälle erlebt, aber nie einen so graziösen und berechneten wie den Candidas, und nie hatte ein Opfer die Geistesgegenwart gehabt, noch den Namen eines Arztes zu nennen; Candida aber murmelte: »Dr. Nova«, ehe sie auf der Couch zusammenbrach.
Er rief Dr. Nova an. Emmett Blake fuhr ab, nachdem er Candida angeboten hatte, sie bei sich aufzunehmen; sie bohrte den Kopf in einer müde ablehnenden Gebärde in ein Kissen. Ein Polizeiwagen traf ein, den die Ambulanz verständigt hatte, und er

schilderte einem Sergeanten den Ablauf der Ereignisse. »Ich weiß, wie es aussieht, Sergeant, aber ich halte es für fraglich, daß es Mrs. Chiltons Schuld ist. Sicher war sie eine leichtsinnige Raucherin, aber sie war sich darüber genau im klaren. Ehe die Feuerwehr eintraf, habe ich den Aschenbecher auf ihrem Nachttisch gesehen – es ist eine Muschel. Er war schneeweiß.«

Der Beamte sah ihn verständnislos an und schüttelte dann ratlos den Kopf.

»Bei einem Aschenbecher aus Glas können Sie eine Zigarette ausdrücken, sie darin herumschmieren und das Glas bleibt bis auf die Asche völlig sauber. Aber bei einer Muschel geht das nicht!« erklärte Moran. »Eine ausgedrückte Zigarette hinterläßt schwarze Spuren, und da waren keine. Trotz zwei oder drei Zigarettenstummeln, die ich gesehen habe.«

»Also?« sagte der Sergeant, während er mitleidig zu der blassen Candida hinübersah.

»Also ist es möglich, daß jemand Zigarettenstummel in einen leeren Aschenbecher gelegt hat, damit es so aussieht, als ob Mrs. Chilton mit einer brennenden Zigarette eingeschlafen sei.«

»Bei verschlossener Haustür, wie Sie selbst gesagt haben«, meinte der Beamte, »und wir haben den Hintereingang und die Fenster überprüft; nichts deutet darauf hin, daß sich jemand daran zu schaffen gemacht hat. Überhaupt, wer tut denn so etwas? Und warum?«

Moran wurde durch die Ankunft Dr. Novas, eines stattlichen Mannes, der wohl kurz vor der Pensionierung stand, einer Antwort enthoben. Der Arzt gab Candida, die jetzt still vor sich hin weinte, zwei winzige Tabletten, äußerte summarisch, daß sie jetzt nicht verhört werden dürfe, und fuhr wieder ab. Der Sergeant bot galant an, Candida zurück zum Haus ihrer Freundin zu fahren; sie wolle sicher zu ihrem kleinen Jungen. Moran war allein in einem beißend nach Rauch riechenden Haus, während sich draußen ein Wind erhob. In Mrs. Chiltons Abstellkammer fand er alte Zeitungen, entdeckte in einer Küchenschublade eine Rolle Klebstreifen und konnte damit das eingeschlagene Fenster wenigstens provisorisch abdichten.

Er hatte ein Aspirin nehmen wollen, bevor er das Feuer hinter Mrs. Chiltons Schlafzimmerfenster entdeckte, jetzt war es nutzlos – nachdem er den geschwärzten Leichnam gesehen hatte, noch halb im Bett, als ob Mrs. Chilton versucht hatte, sich von den Bettlaken zu befreien, ehe der Rauch sie erstickte. Er machte sich einen großen Drink und schlief ein, als es hell zu werden begann.

Jetzt rief er bei der Nummer in Boston an, unter der Emmett Blake in dem dortigen, noch gültigen Telefonbuch stand, aber niemand meldete sich. Der neue Mieter oder die neuen Mieter mußten bei der Arbeit und noch nicht zu Hause sein, leer stand ein Apartment in jener Gegend nie sehr lange.
Als nächstes rief er seine Zeitung an. Fidge Duffy war der ihm für den Artikel über den Karneval in New Orleans vor drei Jahren zugeteilte Fotograf gewesen, aber kein Mensch war jemals auf den Spitznamen Fidge getauft worden. Eine freundliche Telefonistin sagte ihm nach kurzer Wartezeit, daß er Aloysius Duffy hieß, und gab ihm seine Privatnummer.
Ein kleines Wunder – Fidge war zu Hause. Nachdem sie einige Höflichkeiten ausgetauscht hatten, trotz dem Lärm kleiner Kinder und tiefem Hundegebell im Hintergrund, fragte Moran: »Wer war das, den wir damals beim Karneval in New Orleans zufällig kennengelernt haben?« Fidge erwiderte spöttisch: »Wo warst du in der Nacht zum sechzehnten Juni?« und überlegte dann. Schließlich sagte er: »Großer Kerl, blond. Irgendein Verkäufer oder Vertreter, wie sie sich gern nennen. Michaelson? Nicholson?«
Nicholson – es funkte bei Moran. »Danke. Er hatte eine Frau dabei«, fügte er angespannt hinzu: »Rotbraunes Haar, grüne Augen, um die Dreißig. Am nächsten Tag hat es irgendeinen Streit gegeben.«
Der Hund bellte weiter, die Kinder quietschten. »Am nächsten Tag«, sagte Fidge mit Gefühl, »da habe ich versucht, meinen Kopf nicht zu verlieren, wenn ich auch nur einen Schritt machte. Von allen Erinnerungslücken, die ich je hatte, ist das die größte. Wieso interessierst du dich für sie, bei deinem schlechten Gesundheitszustand?«
»Ich hab' sie wieder getroffen, aber sie bestreitet, in New Orleans gewesen zu sein. Wenn du dich an irgend etwas im Zusammenhang mit ihr erinnern kannst, ruf mich an, ja? R-Gespräch.«
Moran gab ihm seine Nummer und hängte ein. Dann versuchte er es wieder bei der Bostoner Nummer.

Lydia ging früh zu Bett. Sie hatte sich nur oberflächlich für Candidas gelassene Rückkehr interessiert – und war nicht weiter überrascht, als diese, anstatt der Hoffnung Ausdruck zu geben, daß ihr Sohn nicht allzu lästig gewesen war, zu ihm sagte: »Ja, Liebling, ich weiß, du möchtest nach Hause, aber Mami will erst etwas trinken. Ich hab' mich mit dem netten Sergeanten unterhalten, der mich zu den Telfairs zurückfuhr«, fügte sie, zu Lydia gewendet, hinzu.

Wie einfach, dachte Lydia, besonders wenn man Candidas überlegene Art in Betracht zog, der Sergeant hatte natürlich angenommen, sie sei auch von dort gekommen, und so würde überhaupt keine Frage auftauchen. Candida nippte an ihrem Martini und sagte mit leisem Stirnrunzeln: »Ich weiß, daß Desmond Moran Journalist ist; aber ich finde es trotzdem nicht nett von ihm, daß er versucht, in dem Brand herumzustochern. Ich finde das einfach billig.«

»Wieso versucht er das?« fragte Lydia.

»Ach, irgendeine Geschichte mit einem Aschenbecher«, antwortete Candida verdrießlich. »Als ob sie keine Aschenbecher gehabt hätte! Zum Glück interessiert sich niemand dafür, sonst würde die Versicherung –«

Unglaublich, sie meinte es ernst! Aber ihre Taktlosigkeit wurde ihr sofort bewußt. Verlegen lächelnd sagte sie: »Weißt du, im Augenblick merke ich überhaupt nicht mehr, was ich rede. Es war alles so entsetzlich.«

Lydia stand automatisch auf, als Candida Harry den Mantel anzog. Sie sagte mit dem letzten Rest christlicher Nächstenliebe, den sie noch aufbringen konnte: »Wenn du heute nacht nicht in das Haus zurückkehren möchtest, Candida, hier ist genug Platz.« Aber Candida schüttelte den Kopf. Zum Glück fiel ihr auch nicht ein, das Angebot für Harry anzunehmen. »Die Leute werden anrufen. Komm jetzt, Liebling . . .«

Etwas mit einem Aschenbecher! Vermutete Moran wirklich, das Feuer wäre nicht auf einen Unfall zurückzuführen? Aber dann mußte jemand gewußt haben, daß Mrs. Chilton allein im Haus war, sie hatte ihn eingelassen – der Nachrichtensprecher hatte nichts von Gewalt gesagt – und dann . . . Lydia wollte nicht in dieser Richtung weiterdenken.

Kurz vor dem Einschlafen kam ihr Harrys merkwürdige Reaktion auf die Nachricht vom Tod seiner Großmutter im Fernsehen in Erinnerung, und ihr fiel ein, wie sie gefragt hatte, was »Schuffel« bedeutete.

Harry hatte sie ärgerlich angesehen, als ob man ihn nicht oft beim falschen Aussprechen eines Wortes erwischte, und erklärt: »Mit was man gräbt.«
Also – warum empfand sie das als störend, warum war sie von dem Ausdruck unangenehm berührt – Großmutters Schaufel?

6

Irgendwann in der Nacht krachte der morsche Ast eines Hickorybaumes auf das Dach. Einen Augenblick lang glaubte Lydia verschlafen, daß jemand von oben her ins Haus eindringen wollte, und sie lag starr und unfähig sich zu bewegen da; die Gedanken rasten mit ihrem Herzschlag um die Wette. War die dem Krach folgende Stille beruhigend oder ganz besonders gefährlich? Dann war sie endgültig wach, warf die Bettdecke zurück, ging zum offenen Fenster und sah hinauf zum Dach, über dessen Rand das Ende des kahlen Astes ragte.
Auf dem Teich lag eine makellose, geradezu leuchtende Schneedecke. Aber angenommen, überlegte sie, die manchmal ein Opfer ebenso faszinierender wie erschreckender Nachtgedanken war, es liefen frische Spuren über ihn hin, die vom Weidengebüsch über die Straße direkt zum Haus führten . . .
Daß ist nur Morans Schuld, dachte sie wütend und kroch wieder ins Bett. Weil er Fragen nach der Ursache des Feuers gestellt hatte, wurde ihr zum ersten Mal seit ihrer Ankunft in Elder's Farms erschreckend bewußt, daß sie in dem großen Haus allein war und dies schon einer Menge Leute bekannt sein mußte. Mrs. Chilton, deren Leiche jetzt im Beerdigungsinstitut lag, war auch allein gewesen.
Es gab drei Türen, vier, wenn man die äußere Kellertür mitzählte – aber die zähle ich nicht mit, sagte Lydia entschlossen zu sich selbst. Sie hatte den Keller des Hauses nie leiden können, er war ihr immer wie ein Ort vorgekommen, wo gesichtslose Gestalten, flach an die Wand gepreßt, in allen Ecken lauerten. Einmal, als sie zwölf oder dreizehn Jahre alt gewesen war und einen neuen Wurf Tigerkätzchen im Keller besichtigt hatte, hatten sich die Augen der Mutterkatze plötzlich vergrößert und sie so angestarrt, daß Lydia in Panik die Treppe buchstäblich hinauffiel und sich das Knie aufschürfte.

Die verkleidete Kellertüre führte von der Treppe direkt ins Eßzimmer und war stets verriegelt. Doch Lydia wußte nur allzugut, daß sie aufstehen und hinuntergehen würde, um sich davon zu überzeugen; sie hatte es nur nicht wahrhaben wollen.
Der Riegel war an seinem Platz, wie ihr die Vernunft vorher gesagt hatte; das Haus, in dem sie kurz alle Lampen angeschaltet hatte, lag ruhig und geborgen im Schnee. Aber Mrs. Chiltons Geist, einmal wiederauferstanden, wollte nicht so rasch verschwinden. Unter ihrer warmen Bettdecke liegend, hörte Lydia sie wieder zu Emmett Blake sagen, während sie den Mantel mit den Zigarettenlöchern anzog: »Überlegen Sie sich, bitte, was wir besprochen haben? Ihr Vetter Simon war damit einverstanden, das kann ich Ihnen versichern.«
Ging es um den Erwerb weiterer Antiquitäten?
Aber etwas später, unterwegs im Volvo, hatte Mrs. Chilton Lydia erzählt, daß Simon Wister sehr viel Familiensinn gehabt hatte – »Es wäre ihm nie eingefallen, auch nur einen Stock oder Stein jemand anderem zu hinterlassen.« Großes Lob hatte aus ihrer Stimme geklungen.
Trotzdem, die Welt war voller Mißverständnisse. Vielleicht hatte Mrs. Chilton angenommen, daß die Blakes, stets nur mit Staffelei und Schreibmaschine beschäftigt, Geld brauchten. Lydia hatte einen kurzen Halbtraum von einer antiken Schaufel in einer alten geschnitzten Truhe und sank dann in tiefen Schlaf.

Das Western Union Büro war klein, die Angestellten redeten gern, und am nächsten Tag wußte man allgemein, daß Candida Blackwood einen Beileidsbrief von ihrem baldigen Exehemann aus New York und ihren Schwiegereltern, den Harrison Blackwoods, aus Philadelphia erhalten hatte.
»Da steckt hübsch viel Geld dahinter, milde ausgedrückt«, sagte Desmond Moran während eines mittäglichen Drinks im *Hopomoc Inn* zu Lydia. »Und wenn sie sich gut benimmt, kann Candida allerhand davon abbekommen. Harry ist der einzige Enkel und wird es wohl auch bleiben. Blackwood ist in den Sechzigern.«
Und gutes Benehmen, fand Lydia, würde in diesem Zusammenhang auch bedeuten, daß man da schlief, wo man behauptet hatte, geschlafen zu haben – eine Sache, über die Moran natürlich Bescheid wußte, da er Candida in der Brandnacht ja angerufen hatte.
Der Tag war sehr kalt und schön, der Himmel rosafarben; helles

hohes Gras lugte durch den Schnee hervor, und weißer Reif hing von allen Büschen und Bäumen. Lydia, der kalter Truthahn und Roastbeef aus dem Kühlschrank schnell zuwider geworden waren und die außerdem Zigaretten brauchte, hatte sich gesagt, daß der Volvo genau für diese Verhältnisse geschaffen sei; trotzdem hatte sie den Wagen im Ort in einer ruhigen Nebenstraße geparkt, weil sie nicht gern durch den einheimischen Verkehr fuhr. Die Autos preschten los, als ob die Straßen trocken und schneefrei wären; sie ging den Rest des Wegs zu Fuß. Sie hatte ein Paar Stiefel entdeckt, die eine Nummer zu groß und trotzdem erstaunlich unbequem waren. So war sie nur zu gern eingestiegen, als Desmond Moran mit seinem Leihwagen neben ihr gehalten hatte.

Er behauptete, er schulde ihr noch einen Drink und mindestens ein Mittagessen; aber wo wollte sie eigentlich hin? Er begleitete sie zum Supermarkt, wo sie Zigaretten, Lammkoteletts, Milch, Käse und Tomaten kaufte, die wie Wachs aussahen. Moran musterte ihren Korb und kaufte selbst etwas Salat und, nach Rücksprache mit ihr, Spaghetti; seine letzte Packung sei in lauter winzige Teile zerbrochen.

Der gemeinschaftliche Korb wirkte irgendwie häuslich, und Lydia glaubte, daß man sie heimlich beobachtete. Dies war schließlich eine Kleinstadt, noch dazu im Winter. An der Kasse nahm Moran Salat und Spaghetti und sagte vergnügt: »Ihre Freunde, die Blakes, machen es sich bequemer. Sie lassen sich einmal in der Woche was von Chase schicken.«

Eine Frau vor ihnen wollte einen Scheck einlösen, wozu die Genehmigung des Geschäftsführers nötig war. Lydia holte ihr Geld heraus und sagte obenhin: »Na, an ihrer Stelle würde ich es auch so machen. Die Blakes wollen beide zu Hause arbeiten, und ich vermute, daß das nicht so einfach ist, wie es klingt.«

Der Geschäftsführer mit einem dicken Schnurrbart kam, sah die Frau mit dem Scheck durchdringend an, kritzelte etwas auf den Scheck und ging wieder. Die Frau verlangte Zwanziger, Zehner und Fünfer, gab einen Fünfer zurück und erhielt dafür Einer, steckte die Scheine sorgfältig in ihre Brieftasche, machte Anstalten zu gehen und wollte dann noch Münzen haben.

»Gleich wird sie welche von 1910 und Pennies mit Indianerköpfen haben wollen«, murmelte Moran und starrte dabei auf die Pyramiden von Konservendosen. »Wie sehen denn Blakes Arbeiten aus?«

Er nahm wohl immer noch an, daß sie die Blakes gut kannte. Etwas kurzangebunden erklärte Lydia: »Keine Ahnung, ich habe die beiden vorgestern zum ersten Mal gesehen. Ich kenne nur Paulas Schwester in Santa Fé, wissen Sie. Aber heute abend treffe ich die Blakes, da kann ich ihn ja fragen. Taktvoll natürlich.«
Jetzt beim Essen sprach er über Candida. Lydia trank ihren Drink aus und sagte ohne Umschweife: »Candida erwähnte, Sie hätten der Polizei von einem Aschenbecher erzählt. Glauben Sie wirklich, daß etwas Verdächtiges an dem Feuer war?«
Moran hatte einem Ober gewinkt. Nun sah er Lydia mit hochgezogenen Brauen an, bestellte zwei weitere Whisky sour und sagte nachdenklich: »Anfangs schon, aber das war wohl nur eine erklärliche erste Reaktion. Wenn jemandem, den man gern hat, etwas zustößt, neigt man leicht dazu, sich alles mögliche einzubilden.«
Sein Blick war klar und ruhig. »Die Lokalzeitung erscheint erst morgen, aber der Herausgeber hat mir erzählt, daß Mrs. Chilton zwei Schlaftabletten genommen hat, was allerdings nicht erwähnt wird. Ich habe ihr gestern ein neues Röhrchen geholt. Laut Gebrauchsanweisung ist nur eine vorgeschrieben. Also . . .«
Er zuckte die Achseln. Lydia war sehr erleichtert. Sie hatte sich dazu gezwungen, nicht weiter an die Möglichkeit eines Mordes zu denken; trotzdem kam sie nicht von der Vorstellung los, daß man Mrs. Chilton, wenn sie in einem absichtlich gelegten Feuer umgekommen sein sollte, zuvor hatte bewußtlos machen müssen, damit sie an Rauchvergiftung starb. Nachdem jede Spur von Gewaltanwendung fehlte, mußte ihr also etwas wie ein Kissen aufs Gesicht gedrückt worden sein – Lydia schauderte, als ob sie etwas Kaltes berührt hätte. Dann widmete sie sich ihrem Essen.
Wenn er nicht gerade einer Fährte folgte wie ein Bluthund, konnte Moran ein sehr guter Gesellschafter sein. Lydia erfuhr, daß er zur Erholung in Elder's Farms sei, um die bei einem Flugzeugabsturz erlittenen Verletzungen auszuheilen – er sprach nur kurz darüber; daß er einen jüngeren Bruder hatte, die Ursache seiner kürzlich erfüllten Patenpflichten, eine ältere Schwester und ein Manuskript, mit dem er nicht vorankam. Lydia erzählte ihm von dem Spiegel. Da sie gerade mit ihren Krabben beschäftigt war, entging ihr, wie interessiert er auf einmal aufblickte. Zu

ihrer eigenen Überraschung hörte sie sich plötzlich den Diebstahl in der Galerie in Santa Fé schildern, allerdings noch immer instinktiv vorsichtig, um Susan McGrath möglichst herauszuhalten.
»Sicherheitsbeauftragte sind für ein kleines Geschäft zu teuer; meistens stellt man solche Leute nur dort ein, wo es wirklich notwendig ist herumzustehen, nachzusehen und auch aktiv zu werden. Außerdem sind die Diebstähle selbst ja nicht das wichtigste.«
»Sie wollen damit sagen, daß ein Mann, der unter diesen Umständen eine Frau bestiehlt, sehr gut noch ganz andere Dinge auf dem Kerbholz haben könnte, zum Beispiel eine Ehefrau oder auch mehrere«, meinte Moran nachdenklich und erwähnte damit einen Gesichtspunkt, unter dem Lydia die Sache überhaupt noch nicht betrachtet hatte. »Aber so eine schlechte Nachricht sollte von einer außenstehenden dritten Person überbracht werden, damit Ihre Freundin darauf reagieren kann oder nicht, wie sie will.« Er zündete für sie beide Zigaretten an. »Hat die Galerie kopierwürdige Gemälde?«
»Eigentlich schon«, antwortete Lydia und wunderte sich darüber, daß ihr der Gedanke nicht selbst schon gekommen war, einen eifrigen jungen Kunststudenten einzustellen.
Es gab ihr einen Stich, als Moran zum zweiten Mal beiläufig auf die Uhr sah. Sie wünschte sich zum wiederholten Mal eine eigene, damit sie mit einem Schreckensschrei eine verpaßte Verabredung hätte erwähnen können; obwohl sie keine besaß, war sie im nächsten Moment in ihren Mantel geschlüpft. Als ihre Einkäufe in den Volvo umgeladen waren, wartete Moran, bis der Wagen angesprungen war. »Sie sind doch noch ein paar Tage hier, nicht wahr?« fragte er, und als sie bejahte: »Ich muß für einen Tag verreisen, vielleicht auch für zwei; aber ich melde mich, wenn ich zurückbin.«
Das klang so natürlich und selbstverständlich, als ob sie sich schon seit Monaten kennen würden. Aber trotz seiner Ungezwungenheit schien wieder das von ihm Besitz zu ergreifen, was Lydia als seine Detektivsucht bezeichnete, obwohl er die Blakes gar nicht erwähnt hatte. Und seine Erleichterung, als er ihr von Mrs. Chiltons zweiter Schlaftablette berichtet hatte, schien ihr genauso groß wie ihre eigene. Daß diese Erleichterung einen ganz anderen Grund hatte, konnte sie nicht wissen.

Die Kamera, die auf dem Beifahrersitz lag, erinnerte sie daran, daß Susan sie darum gebeten hatte, Aufnahmen zu machen – wer konnte wissen, wann sie wieder in den Osten der USA kam? –, doch das Licht war das letzte Mal nicht günstig gewesen. Vielleicht gelang es ihr, das Haus der Blakes in Schnee und Sonne einzufangen; aber sie hatten kein Telefon, und nach ihrem letzten Empfang dort wollte Lydia nicht in der Einfahrt mit der Instamatik am Auge überrascht werden. Es war in gewisser Weise doch ein Eindringen.

Sie fuhr nach Hause, räumte die Lebensmittel weg und stellte überrascht fest, daß es schon nach halb drei war.

Angenehm, die unbequemen Stiefel loszuwerden. Es wurde höchste Zeit, sich etwas um das Haus zu kümmern; sie säuberte die Küche, holte dann den Staubsauger heraus und dachte dabei über die unerklärliche, aber unumstößliche Tatsache nach, daß Hausarbeit in anderer Leute Wohnung niemals zur Plage wurde. Ein Vorteil am Rande: Es fehlte hier auch der in alle Ritzen dringende Sand und Staub von New Mexico, ein Staubwedel genügte völlig.

Sollte oder sollte sie nicht Candida anrufen und die übliche abgedroschene Frage stellen, ob sie was für sie tun könne? Aber das würde ihr vielleicht nur den klavierspielenden Sohn Harry bescheren. Andererseits, trotz ihrer Gefaßtheit, ihrer scheinbaren Gelassenheit, hatte Candida doch unter schrecklichen Umständen die Mutter verloren. Das Pflichtgefühl siegte, und Lydia rief an.

»Wie reizend von dir«, sagte Candida, und ihr leise geringschätziges Lächeln schien über den Draht mitzukommen. »Tatsächlich würde ich gern, wenn ich es noch einrichten kann, später einen Freund bei dir drüben treffen, einfach, um mal aus dem Haus zu kommen. Er könnte schon früher als ich dort sein – sagen wir um fünf?« Dann hörte Lydia, wie sie ungeduldig beiseite sprach: »Harry würde liebend gern baden, Laura, man muß ihm nur gut zureden.« Die Stimme kam zurück und klang nun amüsiert und gönnerhaft: »Wir heiraten sobald wie möglich, wenn das deine Bedenken zerstreut.«

Lydias mühsam kultiviertes Mitgefühl löste sich in Rauch auf. Sie starrte die Wand an und sagte entschlossen: »Candida, es wäre mir schrecklich, wenn du nur meinetwegen wieder heiraten würdest!« Sie genoß das kurze, wütende Schweigen am anderen Ende der Leitung. Dann sagte Candida mit einem falschen

kleinen Lachen: »Nun . . . nicht so ganz, würde ich sagen. Übrigens, es ist vertraulich. Wir sehen uns dann also . . .«
Warum gerade hier, überlegte Lydia voller Unbehagen; ganz klar: die Telfairs kannten Candidas Situation und hatten abgelehnt; warum aber nicht in einem Motel außerhalb der Stadt oder sonstwo, wo sie vor den Augen der Leute sicher war? Weil du verfügbar bist, natürlich, und alles Mahlgut für Candidas Mühle ist.
Um halb fünf, nachdem sie sich vorgenommen hatte, beim Amt unmittelbar danach wegen der Gebühren anzufragen, rief sie Susan in Santa Fé an.
»Lydia!« Trotz der großen Entfernung war es, als ob Susan aus nächster Nähe spräche. »Wie geht es dir, und wie ist es dort?«
»Schön, aber wir haben Schnee. Ich wollte dir nur sagen, daß der Spiegel gut angekommen und deine Schwester ganz begeistert ist.« Stimmt gar nicht, überlegte Lydia und dachte zum ersten Mal darüber nach. Es hatte bewundernde Ausrufe gegeben und versuchsweise Plazierungen an verschiedenen Wänden, aber nicht einen einzigen Augenblick tiefer, echter Freude.
»Ich freue mich so. Paula geht es gut, nehme ich an. Wie findest du Emmett?«
Da sie erst zwei Tage vor der Hochzeit ihrer Schwester von dem Ereignis verständigt worden war, hatte Susan den Mann, der seit nunmehr vier Jahren ihr Schwager war, noch nie gesehen, nur bei Ferien- und Geburtstagsanrufen mit ihm gesprochen.
»Er ist sehr nett und auch ziemlich attraktiv«, sagte Lydia und hörte dabei wie ein Echo die Allzweckbeschreibung, die sie den Blakes von Miles Marsh gegeben hatte. »Was hast du gesagt? Ich esse heute mit ihnen zu Abend. Soll ich was ausrichten?«
»Nur herzliche Grüße, und bring auch bestimmt ein paar Fotos mit!«
»Mach' ich. Was gibt's in der Galerie? Keine Schwierigkeiten mehr, hoffe ich?«
»Na ja, das kleine ovale Bild von Napoleon, das du so gern hattest, ist verschwunden. Aber ich hab' kürzlich alles völlig neu arrangiert – ein paar wirklich wunderschöne Stücke sind aus Taos gekommen –, so daß es vielleicht nur verlegt worden ist. Ich habe nicht gerade gute Helfer, weißt du.«
»Oh. Was ich dachte–« Lydia verbreitete sich über Desmonds Idee mit dem Kunststudenten und hielt dann den Atem an wegen etwas, das er dabei gesagt hatte: »Wenn Ihre Freundin ›Was

für eine gräßliche Idee‹ oder sonst was Ähnliches antwortet, weiß sie vielleicht mehr, als Sie glauben.«
Aber Susan sagte nachdenklich: »Das ist eine gute Sache. Nach dem ersten prüfenden Blick auf ihre Malerei vergessen die Kunden, daß ein Kopist anwesend ist.« Sie machte eine Pause. »Ich bin zwar keineswegs sicher, Lydia, aber ihr alle könntet uns heute nacht mal zuprosten. Nur für den Fall.«
»Das werden wir«, sagte Lydia. Mehr brachte sie nicht heraus.

Moran kam um sechs Uhr abends am Südbahnhof in Boston an. Nach zwanzig Minuten hatte er sich endlich ein Taxi erkämpft, war ins Hotel gefahren, hatte der Versuchung eines Drinks nach der ratternden Fahrt widerstanden und machte sich auf den Weg in die Belnight Street sechsundzwanzig.
Es war ihm am Abend vorher gelungen, den neuen Mieter im ehemaligen Apartment der Blakes zu erreichen, und man hatte ihm gesagt, daß der Hausverwalter von vier Uhr früh bis Mitternacht da sei. »Wenn es aber mal darum geht, daß es bei Ihnen etwas wärmer wird«, hatte die Stimme einer Frau betont, die offensichtlich etwas anderes als Tee trank, »dann wäre es besser, Sie kämen zu mir, Süßer.«
Belnight Street lag am Fuß des Beacon-Hügels, und Nummer sechsundzwanzig war, wie die Nachbarbauten, ein weißgestrichener Backsteinbau mit schwarzen Akzenten über den Fenstern, einem Vordach und kahlen Magnolienbäumen vor dem Eingang. Den Blakes war es in Boston anscheinend recht gut gegangen. Vorsichtigerweise mit einer Flasche Scotch bewaffnet – seiner Erfahrung nach konnten Hausverwalter unausstehlich werden, wenn man sie vor oder nach der Dienstzeit störte – läutete Moran.

7

Als Lydia kurz nach fünf Uhr Candidas Freund die Tür öffnete, war ihr sofort klar, warum diese es unter den derzeitigen Umständen vorzog, ihn privat zu treffen. Sie hätte mit ihm genausowenig unbeobachtet ausgehen können wie mit einem Liliputaner.
Jones Haviland – sogar Lydia, die die Nachrichten aus der Welt

der Kunst nicht allzu genau verfolgte, wußte, daß er einer der meistbeschäftigten Porträtisten der Westküste war – wirkte kräftiger, als er in Wirklichkeit war. Seinen glänzend kahlen braunen Schädel umrahmten bernsteinfarbige Locken, die bis auf die Schultern fielen, ein wehender Bart zeigte zwei auffallend helle Strähnen, die von Wasserstoff herrühren konnten oder auch nicht. Seine runden hellen Augen blickten durchdringend. Er trug ein gemustertes Jackett, Drillichhosen, Segeltuchschuhe und ein italienisches Seidenhemd. Lydia schätzte ihn auf etwa Fünfzig.

Das erste, was er nach der Vorstellung tat, war, seine Hände hinter dem Rücken zu verschränken und sich im Zimmer langsam und gedankenvoll umzusehen; Lydia fand, daß er sich mit Candidas Sohn prächtig verstehen müßte. »Reizend«, sagte er endlich mit einer Stimme, die genauso überraschend wirkte wie wenn eine Bulldogge gepiepst hätte. »Gefällt mir.«

»Vielen Dank!« sagte Lydia gleichmütig. Sie hatte in Gedanken ein paar Berichtigungen vorgenommen: Candida machte immer den Eindruck, als liebe sie Männer in Maßanzügen und handgearbeiteten Schuhen – aber bei einer Berühmtheit wie Jones Haviland waren plötzlich Drillichhosen und Segeltuchschuhe das höchste. »Sollen wir auf Candida warten, Mr. Haviland, oder darf ich Ihnen jetzt gleich einen Drink anbieten?«

Es gab immer wieder so ermüdende Leute, die nie auf direkte Fragen antworteten, Jones Haviland gehörte zu ihnen. »Candida ist unterwegs und macht wie üblich einen Wirbel«, sagte er, ließ sich auf die Couch fallen und starrte Lydia anklagend an: »Sie muß jetzt sehr tapfer sein.«

Lydia murmelte etwas Passendes und fragte dann, als das Schweigen sich auszuweiten drohte, dummerweise, ob er Mrs. Chilton gut gekannt habe.

»Natürlich! Mrs. Chilton gehörte aber zum Blackwood Clan, also war ich im Kirchenbann. Zu schade, denn ich konnte sie gut leiden«, setzte er nachdenklich hinzu. Er schien zu brüten. »Die Umstände wecken schmerzvolle Erinnerungen in mir. Ich habe meine zweite Frau auch durch einen Brand verloren – es war wohl ein Zusammenwirken von Haarspray und einem brennenden Streichholz.«

»Wie schrecklich«, sagte Lydia mitfühlend, und Haviland kreuzte seine segeltuchbeschuhten Füße und antwortete in einem Ton, der wohl fair sein sollte: »Ja. Aber es ist schon Jahre

her. Deshalb«, er sah angeekelt auf den Aschenbecher neben seinem Ellbogen, »rauche ich nicht mehr.«
»Das kann ich natürlich verstehen«, sagte Lydia, die das Gefühl hatte, von zwei Menschen manipuliert zu werden, die ihr völlig gleichgültig waren, »aber ich hoffe, es macht Ihnen nichts aus, wenn ich es tue.«
Candida traf ein, bleich aber gefaßt, in einem kastanienbraunen Cape, das ein honigfarbenes Wollkostüm verhüllte. Sie sagte: »Lydia, du bist ein Engel. Jones, Liebling, du siehst ein ganz klein wenig müde aus. Ich glaube, du arbeitest zuviel, und du hast mir doch versprochen, du würdest das nicht tun.«
Lydia flüchtete in die Küche. Welches Wunder hatte der liebe Gott vollbracht! Die arrogante Candida war sanft, fast demütig; sie erweckte den Eindruck, als säße sie zu Füßen des Malers und sähe ihn anbetend an. Vielleicht hatte er ihr einmal einen Dorn aus dem Fuß gezogen. Sie murmelten im Wohnzimmer miteinander, und da dies der Zweck der ganzen Sache zu sein schien, nahm sich Lydia reichlich Zeit für das Mixen der Drinks: einen Martini für Candida, Dubonnet für Jones Haviland, einen kleinen Scotch mit viel Wasser für sie selbst, da sie ja mit den Blakes zu Abend essen würde. Das Herrichten von Käse und Gebäck gab ihr noch weiteren Spielraum, aber zu diesem Zeitpunkt hatte sie schon gehört, daß der Maler abends wegen eines Auftrags nach Marblehead fahren und zwei Wochen weg bleiben würde.
Kein Wunder also, die ganze Geheimnistuerei. Mrs. Chilton hatte in der Scheidungssache auf der Seite ihres Schwiegersohnes gestanden, Candidas Vormundschaft über das Kind hing von ihrem Betragen ab; Jones Havilands Frau war bei einem Brand umgekommen. Zusammen mit Candidas und Klein-Harrys Abwesenheit in der Nacht, in der Mrs. Chilton auf dieselbe Weise gestorben war, mußten diese Umstände für die Leute von Elder's Farms ein gefundenes Fressen sein. Die Menschen konzentrierten ihr Interesse am raschesten auf exotische Erscheinungen in ihrer Mitte, obwohl Muttermord eigentlich nur in griechischen Tragödien vorkam.
Entsetzt über ihre Gedanken, war Lydia besonders herzlich zu Candida und Haviland, als sie Anstalten machten, in ihren beiden Wagen wegzufahren. Candida sagte ihr, die Beerdigung sei am nächsten Tag um elf Uhr in der Episkopalkirche. Haviland, der sie während der letzten zehn Minuten intensiv angestarrt

hatte, teilte ihr mit, daß er grüne Lichter in ihr Haar tupfen würde, wenn er sie malen könnte, und sie niemals Grün tragen dürfe, wegen der Farbkontraste. Lydia, die einen gedämpft grünen Tweedmantel besaß, den sie sehr liebte, versprach ihm gelassen, sich danach zu richten.

Wie leise man in Segeltuchschuhen in einem Haus umherlaufen konnte, wenn man wie Candida einen Schlüssel hatte. Wie leicht war es, zurückzukommen, wenn man von den Schlaftabletten wußte, beruhigend auszurufen: »Ich bin's, Mutter; ich habe Harrys Bademantel vergessen«, oder die Zahnbürste oder irgend etwas anderes ... Aber natürlich war niemand gekommen. Eine brennende Zigarette war Mrs. Chiltons Fingern entglitten und hatte unbeachtet weitergeglüht, bis es zu spät war. Sogar Desmond Moran, der als erster Zweifel gehegt hatte, gab zu, daß es ein Unfall war.

Aber in keinem Augenblick, das wurde Lydia klar, hatte sie bezweifelt, daß Candida zu einer solchen Tat unfähig war.

»Das ist meine Ausgehbrille für festliche Gelegenheiten«, bemerkte Paula Blake um halb acht Uhr. »Wahrscheinlich wären Kontaktlinsen noch festlicher, aber schon der Gedanke daran läßt meine Augen tränen.«

Lydia wußte, daß Susan McGrath, die seit kurzem Kontaktlinsen trug, sich vergeblich bemüht hatte, auch ihre Schwester dazu zu bekehren. »Sie sehen sehr gut aus«, sagte sie aufrichtig. Paula hatte ein Gesicht, dem eine Brille tatsächlich stand und die eulenhaften blauen Gläser schienen rote Lichter in ihrem Haar zu wecken.

»Das ist das merkwürdigste Lokal, das ich je gesehen habe«, sagte Emmett und schaute sich um. »Die Angestellten müssen alle einzeln in Autos zur Arbeit gekommen sein.«

Es war auch Lydia schon aufgefallen, daß der Parkplatz des fünf Meilen außerhalb der Stadt gelegenen Restaurants zwar überfüllt, der große, angenehme Eßsaal mit der niedrigen Decke, in dem sie eine Nische hatten, jedoch kaum halb voll war. Aber die Preise der Drinks seien reell und das Essen gut, hatten ihr die Blakes versichert und gemeint, sie würde wahrscheinlich gerne mal etwas anderes sehen als immer nur das *Hopomoc Inn*.

Nach ihren Besuchern am Nachmittag kamen ihr die beiden nett, frisch, unkompliziert vor. Paula berichtete, daß sie den Spiegel nun endgültig zwischen die zwei Westfenster im Wohnzimmer gehängt hätten, daß er da ganz großartig wirke und sich eine kleine Kristallvase auf dem Kaminsims in ihm spiegle. Lydia, die die ganze Angelegenheit wegen Jones Haviland und Candida vergessen hatte, erzählte ihnen, daß sie am Nachmittag mit Susan gesprochen hatte.

»Was, vor dem billigen Abendtarif?« fragte Emmett entsetzt, und Paula stellte ihr Glas hin und suchte in ihrer Handtasche nach Zigaretten. »Sie haben ihr hoffentlich gesagt, wie sehr uns der Spiegel gefällt. Was gibt es Neues an der Liebesfront?«

»Sie deutete an, daß ein Toast angebracht wäre.«

»Toasts finde ich immer ein wenig peinlich; aber trotzdem ist es wundervoll«, sagte Paula. »Nicht wahr, Emmett?«

»Wenn ich auch Susan nie von Angesicht zu Angesicht gesehen habe und diesen Miles noch weniger, hoffe ich doch, daß du recht hast«, sagte ihr Mann trocken. »Lydia scheint Vorbehalte gegen ihn zu haben.«

»Es ist nur, weil Susan ihn erst so kurz kennt«, sagte sie, »und er ist ein viel zu auffallender Typ, als daß er bei den Frauen lange unbeachtet bliebe.« Als sie es hinter Paulas Gläsern aufblitzen sah, setzte sie hastig hinzu: »In Santa Fé treiben sich ziemlich viele merkwürdige Leute herum; deshalb falle ich wohl vor lauter Vorsicht über meine eigenen Füße.«

Glücklicherweise wurde ihr Gespräch unterbrochen, weil das Essen kam. Lydia war hungrig; sie vermißte den im Südwesten als Vorspeise üblichen Salat und die Brotwürfel mit der scharfen Sauce. Endlich, reichlich spät, brachte man ihre gekochten Krabben. Die Blakes fanden, daß die Gelegenheit nach einer Flasche Wein verlangte, und deuteten zugleich an, Susan sei schließlich keine naive Neunzehnjährige mehr.

Lydia wunderte sich über ihre Reaktion. Als Susans Schwester und Schwager würden sie ihr natürlich alles Gute wünschen, aber ihr offensichtliches Vergnügen schien eine Spur Erleichterung zu enthalten, wie bei altmodischen Eltern, deren reichlich überständige Tochter endlich Aussichten auf eine Ehe hatte.

Etwas von ihrem Eindruck mußte sie verraten haben, denn Paula sagte: »Unterstehen Sie sich nicht, es Susan zu sagen; aber ich habe mir seit dem Tod ihres Mannes immer Sorgen um sie gemacht – sie war lange einem Nervenzusammenbruch nahe, und so etwas ist schwer zu heilen. Sie ist keine Einzelgängerin, sie hat sehr viel Sinn für Häuslichkeit – na, das wissen Sie ja, und das kann für eine alleinstehende Frau sehr schwierig sein. Ich

sähe nichts lieber, als sie wieder glücklich verheiratet . . . verdammt!«
Als sie sich nach ihrer hinuntergefallenen Serviette bückte, war ihr die Handtasche entglitten.
Emmett erhob sich vom anderen Ende der halbkreisförmigen Bank und sammelte Münzen und einen rollenden Lippenstift vom Boden auf: Lydia bückte sich nach etwas, das ihr zwischen die Füße geglitten war: ein für die Post fertiggemachter Brief; die getippte Anschrift – Einwohnermeldeamt, Philadelphia, – sagte ihr nichts, bis Paula, die ihr den Brief abnahm, ärgerlich knurrte: »Jetzt haben wir ihn wieder vergessen, Emmett – bei dem Tempo kriege ich die Geburtsurkunde nie. Meine ist beim Umzug verlorengegangen«, erklärte sie Lydia, »oder wenigstens kann ich sie nicht finden, und es ist bestimmt nicht gut, wenn man keine hat. Nicht, daß ich sie für irgend etwas Wichtiges wie einen Paß brauche – wir fahren bestimmt nirgendwohin, ehe wir mit unserer Arbeit weitergekommen sind. Mir persönlich fällt das übrigens schwer, ohne den üblichen Zwang im Büro zu arbeiten. Emmett ist da viel disziplinierter als ich.«
Dies schien Lydia eine gute Gelegenheit zu fragen, was er denn male.
»Fabelhaft«, sagte Paula kurz und bündig, aber Emmett führte es weiter aus, Ölbilder, Landschaften und Stilleben. Es entstand ein kurzes Schweigen, das wie ein erstickendes Kissen wirkte. Niemand erwähnte Susans Galerie. Lydia brach das Schweigen, indem sie fragte, ob sie Jones Haviland kennen würden.
»Nur mal kurz getroffen. Gott, scheffelt der Mann Geld – aber er verdient es«, sagte Emmett in anerkennendem Ton. »Er sieht wie ein Schwindler aus, sogar sein Bart wirkt falsch, aber er ist großartig.«
Also hatte Candida mit ihrer Strategie Erfolg gehabt; sogar dieses wache Pärchen wußte nichts von ihren Beziehungen. Andererseits kamen sie, wie Moran sagte, fast nie in die Stadt. Lydia glaubte schon, der Abend würde vorübergehen, ohne daß Mrs. Chilton erwähnt wurde, was eigenartig gewesen wäre, nachdem sie doch alle wenige Stunden vor ihrem Tod zusammengewesen waren. Doch auf der Rückfahrt zum Haus der Donahues sagte Paula unvermittelt: »Wir haben übrigens Blumen für Mrs. Chilton geschickt, aber zur Beerdigung werden wir wohl nicht gehen. Wir haben sie ja nicht so gut gekannt, und wir hassen Beerdigungen – ja, wir haben beschlossen, ewig zu leben, um unsere

Freunde zu schonen. Nun, Sie brauchen sich ja wegen der Feierlichkeiten keine Sorgen zu machen.«

»Im Gegenteil«, erwiderte Lydia; Mrs. Chiltons Tochter habe gerade heute nachmittag Ort und Zeit der Beerdigung so betont, daß sie sich mehr oder weniger verpflichtet fühle, daran teilzunehmen. Auf das konzentrierte Schweigen im Wagen – die Straßen waren glatt, und Emmett mußte sehr vorsichtig fahren – fügte sie hinzu, daß sie Mrs. Chilton an dem Tag ihrer ersten Begegnung bei den Blakes nach Hause gefahren habe und dadurch wieder in Kontakt mit Candida gekommen sei.

»Emmett hält sie für sehr attraktiv«, sagte Paula fraulich neutral und rief dann: »Liebling, paß auf!«

Die Brücke wurde erfolgreich überquert, aber Lydia merkte, daß die übrigen Einwohner von Elder's Farms, so achtlos sie mittags gefahren waren, einen Schneefall respektierten, der um drei Uhr etwas geschmolzen und dann wieder gefroren war, denn es hatte sie kein einziger Wagen überholt.

Sie war so klug gewesen, das Licht brennen zu lassen, nicht nur im Wohnzimmer, so daß das Haus bewohnt und anheimelnd wirkte. Die Blakes nahmen ihre Einladung zu einem Glas Brandy prompt an – sie hatten das Haus oft von außen bewundert –, blieben aber zum Glück nicht lange. Lydia konnte sich nicht erklären, warum die beiden ihr bei längerem Zusammensein so auf die Nerven gingen. Sie waren kritisch und hatten Lust am Kritisieren, nichts war zu unbedeutend, um ihrer Beurteilung zu entgehen.

An der Tür sagte Paula: »Falls wir Sie vor Ihrer Abreise nicht mehr sehen sollten –«

»Oh, das hätte ich fast vergessen. Susan möchte ein Foto von Ihrem Haus und von Ihnen beiden, ich habe es ihr versprochen«, sagte Lydia und versuchte, in der eisigen Luft nicht zu zittern. »Wenn es Ihnen morgen passen würde, könnte ich dann zu einer Zeit, in der Sie nicht arbeiten, vorbeikommen?«

»Natürlich. Ich habe Susan ein schreckliches Bild von meinem Mann geschickt, auf dem ein Stück seiner Stirn fehlt. Wir sind nicht sehr gut im Fotografieren«, sagte Paula. »Uns würde jede Zeit nach ein Uhr passen. Wie wäre es um drei? Das scheint die beste Zeit zu sein, wenn man das für den März überhaupt sagen kann.«

Lydia winkte ihnen nach, schloß die Türe ab und lag zehn Minuten später aufatmend im Bett. Vor dem Einschlafen überlegte sie noch, was Desmond Moran gerade machte.

»Na, hast du dich ein wenig umgesehen?« fragte Paula, als sie wegfuhren. »Ich hab' natürlich nicht darauf achten können.«
»Natürlich habe ich das getan.«
»Ich finde, es ist alles sehr gut gelaufen, alles in allem betrachtet, obwohl sie diesen verdammten Brief sah. Werfen wir ihn in den nächsten Briefkasten, den wir finden.«
»Viele Leute verlieren bei einem Umzug wichtige Dokumente.«
»Ich hatte schon befürchtet, du würdest uns über die Brücke stürzen lassen. Wahrscheinlich dachtest du dasselbe wie ich.«
»Ja, und beide hatten wir nicht recht.« Emmett pfiff wieder seine sechs Töne, und sie lachten zusammen in der Dunkelheit auf eine merkwürdig übereinstimmende Weise, fast irgendwie boshaft.
»Jedenfalls wird sie bald fröhlich auf ihrer Heimreise sein, mitsamt ihren Fotos«, sagte Paula plötzlich. »Wir müssen drandenken, daß wir hübsch posieren . . .«

8

Der Hausmeister des Bostoner Apartmenthauses wirkte auf den ersten Blick wenig erfolgversprechend. Klein, mit einem spitzen Kinn, wäßrigen braunen Augen, die mit dem Ausdruck tiefster Gekränktheit unter buschigen Augenbrauen hervorsahen, glich J. Harney einem übelgelaunten Foxterrier. Frostig lauschte er Morans Geschichte von seiner Fahrt nach Boston, um im Auftrag gemeinsamer Freunde die Blakes zu besuchen, und sagte dann mit hämischer Genugtuung, daß die gleich nach Weihnachten ausgezogen seien, mehr wisse *er* nicht. Er kümmere sich nur um seine eigenen Angelegenheiten und wünsche, daß das jeder so mache. Er stelzte mit dem mitgebrachten Scotch davon und kam mit Drinks zurück, die wie schale Überreste davon aussahen.
»Aber sie müssen Ihnen doch eine Adresse dagelassen haben«, sagte Desmond und setzte sich unaufgefordert auf eine braunbezogene harte Couch. »Es könnten doch auch Bekannte kommen, die sie nicht verständigt haben, und nach ihnen fragen.«

Der Hausmeister zeigte derart falsche Zähne, daß man vermuten konnte, er habe sie in seinen Mußestunden selbst angefertigt: »Nein, haben sie nicht.«
Es mußte doch möglich sein, von einer im allgemeinen so ausgezeichneten Quelle irgendeine Information zu bekommen. Moran wollte noch nicht aufgeben: »Dann haben sie bestimmt die Uhr meiner Freunde bei Ihnen zur Aufbewahrung zurückgelassen«, sagte er angriffslustig. »Eine gläserne Uhr, elektrisch, bei der man das Werk nicht sieht.«
Erinnerungen an ein nicht gegebenes Trinkgeld schienen Harney ins Gedächtnis zu kommen; seine braunen Augen blitzten erregt: »Sie haben keine solche Uhr dagelassen. Sauber, wie geleckt, haben sie die Wohnung gehalten, und sind eine Woche früher ausgezogen, als sie eigentlich wollten. Das können Sie Ihren Freunden von mir ausrichten.«
»Dann haben sie die Uhr wohl aus Versehen mitgenommen.« Moran gab sich wieder friedlich. »Verständlich, wenn sie ihre Pläne so ändern mußten. Der neue Mieter wollte wohl gleich einziehen?«
Das spitze Kinn stieß vor und deutete darauf hin, daß in keinem von J. Harneys verwalteten Haus jemand gegen dessen Willen etwas tun konnte. »Sie beschlossen einfach, früher auszuziehen. Ist das verboten?«
»Nicht, daß ich wüßte.« Moran stand auf. Ein generöses Trinkgeld von seiten der Blakes, vermutete er, aber, um fair zu sein, Leute wie Harney hatte er auch schon früher kennengelernt, wenngleich in milderer Form: Sie lebten in einer Welt, in der Höflichkeit nur von dunklen Motiven inspiriert war, ständig in der Angst, die Preisgabe irgendeiner Information könnte sie in die Klauen des Finanzamts oder von etwas noch Schlimmeren bringen. Er hatte schon die Hand auf der Türklinke, als der Verwalter mißtrauisch fragte: »Wer sind denn diese Freunde von Ihnen?«
»Die Nicholsons«, sagte Desmond, weil das ein Name war, der ihm in diesem Zusammhang immer wieder in den Sinn kam. Harneys buschige Brauen schossen in die Höhe und senkten sich gleich wieder.
»Dann kann ihnen die Uhr nicht viel wert gewesen sein«, sagte er mit säuerlichem Triumph, »weil die ja ein paar Nächte, bevor die Blakes auszogen, noch hier gewesen sind.« Es war, als hätte eine unsichtbare Hand Desmond einen Rippenstoß versetzt.

»Tatsächlich?« fragte er, ließ die Klinke los und zeigte echtes Erstaunen. »Wie sonderbar, daß sie mir nichts davon erzählt haben.« Er legte etwas Zweifel in seine Stimme: »Natürlich, Nicholson ist nicht gerade ein seltener Name. Meine Freunde sind etwa Dreißig, er ist ziemlich schwer und hinkt–«

Aber Harneys Grobheit schnitt eine weitere, detaillierte Beschreibung ab. Der Hausmeister trat geschickt um Moran herum, ergriff die Klinke und sagte: »Das sind die falschen, Mister, und ich habe zu tun.« Er knallte die Tür so zu, daß man hätte erwarten können, sie würde Sekunden später wieder aufgerissen und die fast unberührte Flasche Scotch käme hinterhergeflogen. Sie tat es nicht.

In dem kleinen hohen Flur standen nur zwei geradlehnige Stühle rechts und links von einem Tisch mit Marmorplatte und einer Lampe darauf. Daneben hing etwas, das auf den ersten Blick wie eine geschmackvoll gerahmte Reklame aussah, tatsächlich aber ein Verbotsschild für Kinder und jegliche Art von Haustieren war. Moran sah überlegend auf die Uhr. Das Haus hatte acht Wohnungen, zwei in jedem Stockwerk; er vermutete, daß er die besten Chancen bei den Nachbarn der Blakes in 4B haben dürfte, den Morrows, mit denen sie wohl öfters auf den Selbstbedienungslift gewartet und den sie mit ihnen geteilt haben mußten, wenn schon nichts anderes sonst. Jetzt, kurz nach halb acht Uhr könnten sie beim Abendessen sein; andrerseits, wenn er bis nach seinem eigenen Abendessen wartete . . .

Verdientermaßen, nach dem erfolglosen Treffen mit dem Hausmeister, war das Glück jetzt mit ihm. Die Morrows erwiesen sich als nüchternes angegrautes Ehepaar um die Fünfzig – also wenig Hoffnung auf Gemeinsamkeiten mit den Blakes –, doch Moran mochte sie sofort, wegen ihres munteren und offensichtlich eingeschmuggelten blauen Wellensittichs in einem geflochtenen Käfig. Die Geschichte von der Uhr hatte durch das Benehmen des Hausmeisters an Glanz verloren, deshalb erzählte er ihnen, daß er einen Freund seines kranken Bruders ausfindig machen wollte, der auch ein Freund der Blakes sei. Sie waren so liebenswürdig und vertrauensvoll wie Harney feindselig gewesen war, obwohl sie bezweifelten, ihm helfen zu können.

»Wir haben die Blakes kaum gekannt; sie sind jünger als wir, und Sie wissen ja, wie das in Apartmenthäusern ist«, sagte Mr. Morrow und zündete sich eine Pfeife zu dem Kaffee an, den man auch Moran angeboten hatte; er lehnte ab, weil er sich auf einen

ordentlichen Drink freute und nicht wollte, daß er sich noch zu lange aufhielt. »Guten Morgen oder gute Nacht im Lift oder im Flur, das war so ungefähr alles. Sie haben uns mal Leute namens Nicholson vorgestellt, aber an den Vornamen kann ich mich nicht mehr erinnern.«
Im Bemühen, sich zu erinnern, hatte Mrs. Morrow die Augen fest geschlossen. Moran verwünschte im stillen den blauen Wellensittich, der ausgerechnet jetzt in störendes Trillern ausbrach und wild herumflatterte; aber sie war sichtlich an derartige Unterbrechungen gewöhnt, denn die öffnete prompt die Augen und sagte: »Philipp, glaub' ich. Ja, Philipp, ich bin ganz sicher.«
»Großer Bursche, blond?« fragte Moran, und es entstand eine kleine Diskussion zwischen dem Ehepaar, das ihm draußen auf der Straße in einer regnerischen Nacht vorgestellt worden war, als sie auf Taxis warteten. Aber ja, einigten sie sich schließlich, er war blond. Seine Frau hatte einen kleinen Regenhut getragen, aber sie hatten den Eindruck gehabt, daß sie ebenfalls blond war.
»Haben sie die Blakes oft getroffen?«
»Nun, manchmal. Hin und wieder.« Morrow ließ die Worte in der Luft hängen, merkwürdig zögernd.
Der Wellensittich hatte zu trillern aufgehört und machte auf seiner Schaukel akrobatische Übungen. Behutsam leitete Moran das Gespräch auf die Blakes über. Die Morrows konnten ihm nur sehr wenig sagen, außer, und das klang anerkennend, daß sie mit sich selber als Gesellschaft zufrieden schienen. »So viele Leute heutzutage können nicht allein sein.« Und so gab es abends nur wenig Kommen und Gehen. Sie hatten keine Ahnung, womit Emmett Blake seinen Lebensunterhalt verdiente, und nur gehört, daß Mrs. Blake in einer Werbeagentur arbeitete, wußten aber nicht, ob ihr Job sie je von Boston weggeführt hatte.
Ein Punkt, der Moran interessierte, war damit aufgeklärt, und mehr war hier wohl nicht zu erwarten. »Solche impulsive Menschen«, sagte Mrs. Morrow nachsichtig. »Wir wußten natürlich, daß sie ausziehen wollten, so was spricht sich in einem Haus wie diesem sofort herum, aber es sollte erst am zweiten Januar sein. Wir hatten ein sehr mildes Weihnachtswetter, fast matschig; ich traf Mrs. Blake zufällig nachmittags im Flur, und sie sagte, sie hielten es nicht mehr aus und würden sofort ausziehen, weil

kein Grund dagegen spräche. Und das taten sie dann auch.«
Es klang wahrscheinlich, obwohl Moran Paula Blake eher als ungeduldig denn als impulsiv bezeichnet hätte. Immerhin, nichts ließ eine Umgebung mehr an Reiz verlieren als die Tatsache, daß eine neue auf einen wartete, und wenn man obendrein noch das zu warme Weihnachten berücksichtigte . . .
»Wie ich hörte, kamen die Nicholsons vorbei, um sich zu verabschieden«, sagte Desmond beiläufig, »und wurden vielleicht gebeten, beim Umzug mitzuhelfen.«
Aber dies zu behaupten war entweder reine Vergeßlichkeit oder Bosheit des Hausmeisters gewesen, weil Mrs. Morrow sofort sagte: »O nein, zum letzten Mal waren sie – wenigstens soweit wir wissen – ein paar Tage vor Weihnachten hier. Ich erinnere mich deshalb so gut daran, weil das die Nacht war, wo du so früh zu Bett gingst, Harold, wegen der schrecklichen Erkältung.« Seitenblick auf den Gatten, der nachdrücklich nickte, wie ein Mann, der genau über seine Erkältungen Buch führte. »Ich war noch auf, weil ich die letzten Weihnachtskarten schrieb, und hörte eine Männerstimme auf dem Flur sagen: ›Naomi, sag Philipp, er kann noch einen Drink haben‹ – das war Mr. Blake –, und der andere Mann sagte, daß sie aber noch den ganzen Weg nach Wrexley fahren müßten.«
Philipp Nicholson, in Wrexley.
Desmond dankte den Morrows herzlicher, als in solchen Situationen üblich; sie waren wirklich die ehrenwerten Leute, für die er sie gehalten hatte. Als er, in Gedanken an Freunde mit einem Wellensittich, an der Tür noch fragte, ob ihr Vogel auch spräche, sagte Mrs. Morrow entschuldigend: »Nun, nein. Als wir ihn kauften, hat er etwas gesagt, das entfernt wie ›hallo‹ klang, aber sogar das hat er vergessen.«

In Boston hatte sich viel verändert, seit Morans letztem Besuch, aber ein Restaurant, das er besonders mochte, fand er noch am alten Platz. Morgen wollte er Mrs. Nicholson anrufen, sich als alten Freund vorstellen, der lange nichts hatte hören lassen, und nach dem Büro ihres Mannes fragen. Wenn er Nicholson nicht zum Mittagessen verlocken konnte, wollte er darum bitten, ihn ein paar Minuten geschäftlich sprechen zu können, Paula Blake beschreiben und nach New Orleans fragen. Von Mann zu Mann, hatte er vor; er würde eventuell sogar gegen seine Prinzipien handeln und sehr eindeutig werden.

Das Problem war nur, daß er und Duffy nicht nüchtern gewesen waren, und möglicherweise Nicholson sich in einem ähnlichen Zustand befunden hatte. Mit einem Gesicht konfrontiert, an das er sich nicht erinnerte, und einem Namen, bei dem das ebenso war, konnte er ihn auch einfach nur wegschicken. Und selbst wenn er sich erinnerte, konnte er ihm die Tür weisen. In der Regel mochten es die Leute nicht, wenn man in ihrer Vergangenheit herumstocherte.

Trotzdem, es war ein Strohhalm, an den er sich klammern konnte. Paula Blake hatte bezüglich New Orleans gelogen; gemeinsam mit ihrem Mann hatte sie alles getan, um sich von Mrs. Chilton fernzuhalten – und das war merkwürdig, angesichts einer für sie neuen und ziemlich isolierten Umgebung. Nicht lange nach dem sie das Haus der Blakes verlassen hatte, war Mrs. Chilton tot gewesen. Für einen Raucher war der jungfräulich weiße Muschelaschenbecher, den man nicht nur mit einem Schlauch ausgespült, sondern den ein Feuerwehrmann später auch noch knirschend zertreten hatte, genauso verdächtig wie Knochen im Mülleimer eines Vegetariers.

Mrs. Chilton konnte nach dem Streit mit ihrer Tochter, in den Moran hineingeplatzt war, sehr wohl noch eine zweite Schlaftablette genommen haben, worauf die Autopsie hindeutete. Aber man durfte bei ihr genauso mit besonderer Vorsicht rechnen wie mit besonderer Nachlässigkeit; als häufiger Konsument von Schlaftabletten war sie mit deren Wirkung vertraut. Aber es schien trotzdem eine so einleuchtende und erklärbare Art für sie zu sterben; wenn ihre eigene Tochter das akzeptierte, sogar mit einem deutlichen Unterton von »Ich habe es ihr immer gesagt«, wer sonst sollte da zweifeln? Hätte er die saubere weiße Muschel mit den Zigarettenstummeln nicht gesehen, wäre er auch nur geschockt, aber nicht mißtrauisch gewesen.

Auf dem Rückweg in sein Hotel gingen ihm alberne Formulierungen der Frage »Wer war die Dame, mit der ich Sie vor drei Jahren gesehen habe?« durch den Kopf. So sehr er sich anstrengte, er konnte sich nicht erinnern, ob Nicholson ihm Paula vorgestellt hatte; sie war einfach dagewesen, und später hatte es irgendeine Unterhaltung gegeben . . .

Unlogischerweise, oder auch sehr logischerweise, war es Lydia Peel, die Morans Gedanken beschäftigte, bevor er einschlief. Sie hatte die bezaubernden Augen der Donahues, in ihrem Fall umrahmt von dichten Wimpern, die an den Spitzen golden waren;

aber sie schien nicht ganz so unkompliziert wie der Rest der liebenswerten Sippe.
Sie reagierte wie Lackmuspapier, und heute abend traf sie die Blakes. Gut, daß sie ihm seine nüchterne Erklärung über Mrs. Chiltons Tod geglaubt hatte.
Am Morgen brauchte er weniger als sechzig Sekunden, um von der Telefonistin zu erfahren, daß der Anschluß von Philipp A. Nicholson, Garden Circle fünf, Wrexley, nicht mehr existierte. Philipp konnte der zweite Vorname sein, überlegte Moran, der einfach nicht glauben wollte, daß ihm der Vogel entschlüpft war; er kannte einen P.R. Palmer, den man nie anders als Bob nannte. Eine weitere Anfrage bei der Telefonistin erbrachte jedoch keinen Nicholson mit P. als Anfangsbuchstaben des zweiten Vornamen. Ob sie ihm sagen könne, wann der Anschluß zuletzt benutzt worden war? Nein, das konnte sie nicht. Mürrisch blickte er aus dem Fenster. Wie bei früheren Besuchen in Boston war das Wetter so schlecht, daß man fürchten mußte zu verschimmeln, wenn man sich zu lange im Freien aufhielt. Er packte seinen Koffer, bezahlte die Rechnung und fragte am Empfang nach dem einfachsten Weg nach Wrexley.
Im Taxi zum Bahnhof empfand er eine unvernünftige Enttäuschung darüber, daß er von den Morrows nichts mehr gehört hatte. In dem Gefühl, während des Gesprächs gestern nacht irgend etwas ungesagt oder ungeklärt gelassen zu haben, hatte er ihnen die Nummer seines Hotels und auch die in Elder's Farms gegeben. Er hielt sie für peinlich genaue und wohlwollende Leute; aber wenn ihnen bis zum anderen Morgen um neun Uhr nichts weiter eingefallen war, stand zu befürchten, daß ihnen auch fernerhin nichts mehr einfiel.

Wie viele Leute ihres Alters lebten die Morrows die Woche über sehr einfach und gesund. Anders aber am Sonntag morgen. Da duftete die ganze Wohnung nach Würstchen und Spiegeleiern, nach heißen Pfannkuchen und Kaffee. Als sie am Tisch saßen, kurz vor neun Uhr, sagte Mrs. Morrow: »Ich finde, wir sollten es ihn wissen lassen, Harold. Es kann unwichtig sein, aber er schien mir so interessiert, und nun ist er mit einem falschen Eindruck fortgegangen.«
Mr. Morrow rauchte seine Pfeife. Der Morgen hatte ihn vorsichtiger gemacht. »Glaubst du wirklich, daß er wegen seinem Bruder hier war?«

»Ich bezweifle sogar, daß er einen Bruder hat«, sagte seine Frau höflich, »aber er ist ein sehr netter Mensch. Mir hat er gefallen. Und er hat sich für Davy interessiert. Ich habe seine Telefonnummer auf den Rand der –«
Plötzlich starrten sie sich entsetzt an. Mrs. Morrow hatte die Angewohnheit, den Käfig des Wellensittichs mit Zeitungen auszulegen, wobei sie immer die nächstbeste Nummer nahm. Das war auch heute der Fall gewesen. Und auf den Rand der ersten Seite hatte sie die Nummer notiert. Davy aber hatte hüpfend, reißend und pickend die Zeitung zu einem Häufchen Schnipsel verarbeitet.

9

Kein Tag für ein Begräbnis, dachte Lydia, erstaunt über die eigene Traurigkeit. Der Morgen funkelte und glitzerte, der Schnee schmolz unter einer strahlenden Sonne, und gelegentlich huschte der Widerschein all dieser Pracht über die Wände des Eßzimmers.
Sie mochte Beerdigungen genausowenig wie die Blakes, aber sie hätte sich auch ohne Candidas betonten Hinweis verpflichtet gefühlt, daran teilzunehmen; es gab Menschen, die einem sofort sympathisch waren, und Mrs. Chilton war so ein Mensch gewesen. Trotzdem war sie erleichtert, als Candida anrief und sagte, Laura, ihr Babysitter, habe sich krank gemeldet.
»Ich glaube ihr zwar kein Wort, weil ich weiß, daß sie so einen stürmischen kleinen Freund hat, der zur Marine zurückmuß. Aber nun sitze ich ausgerechnet heute mit Klein-Harry da. Könntest du wohl herüberkommen und auf ihn aufpassen? Er ist noch ein bißchen zu klein für Beerdigungen, und ich weiß einfach nicht, wen ich sonst bitten könnte. Ich werde dir ein Taxi schicken, damit du nicht durch den ganzen Matsch zu fahren brauchst.«
Lydia blickte durchs Eßzimmerfenster auf die glitzernde Pracht aus Sonne und Schnee. »Es macht mir nichts aus, selbst zu fahren; aber würde sich Harry unter den Umständen nicht wohler fühlen bei jemandem, an den er gewöhnt ist? Er scheint Mrs. Telfair gut leiden zu können.«
»Die gehen auch zur Beerdigung«, sagte Candida, und das war

nur logisch. »Telfairs haben zwar eine Haushälterin, aber auch eine Katze, und Harry mag keine Katzen. Sie wollen mit ihm spielen, aber er versteht das nicht, und will sich immer für ihre Annäherungsversuche rächen. Die meisten Erwachsenen können das einfach nicht begreifen.«

Lydia stellte sich vor, wie Katzen, die vor kleinen Kindern im allgemeinen die Flucht ergreifen, sich Harry näherten, um mit ihm zu spielen. Vielleicht stupsten sie ihn mit den Pfoten und rannten dann ängstlich wieder weg. Dabei dämmerte ihr, daß das der Grund war, warum Candida Harry neulich zu ihr gebracht hatte. Wahrscheinlich hatte er der Katze der Telfairs etwas Schreckliches angetan, während er dort übernachtete, und nun weigerte man sich, ihn noch einmal aufzunehmen. Sie erinnerte sich an seine geheimnisvolle Aktivität im Wohnzimmer, als sie mit seinem Saft aus der Küche zurückkam – er mußte unter den Stühlen und der Couch nachgesehen haben, ob sie eine Katze besaß.

Auf ihn aufzupassen war ihr lieber als zur Beerdigung zu gehen, und es hatte auch wirklich so geklungen, als habe Candida keine andere Wahl. Lydia sagte: »Gegen Viertel nach zehn Uhr bin ich da, dann hast du noch genug Zeit.« Candida war einverstanden und versprach ihr mit erstickter Stimme eine Tasse Kaffee. Hatte sie der Kummer nun doch übermannt? Es war ja auch schlimm, ausgerechnet jetzt niemand zu haben. Warum hatte Jones Haviland sie allein gelassen? Aber im großen und ganzen betrachtet, war es natürlich das beste.

Die Donahues hatten die Lokalzeitung abonniert; ein Foto auf der Titelseite unter dem Falzstreifen zeigte Mrs. Chilton etwas undeutlich, mit einem Hut aus den vierziger Jahren. Als Todesursache wurde »Einatmen von Rauch während eines Brandes in ihrem Haus« angegeben. Es folgte eine kurze Zusammenfassung und eine Schilderung der Karriere ihres verstorbenen Mannes. Das Ganze paßte nicht recht zu der energischen Frau mit der Hakennase, die Lydia nach den interessanten Ausgrabungen in New Mexico gefragt hatte.

Ein altmodischer Wagen, der so langsam fuhr wie bei einem Trauerzug, kam gerade aus der Einfahrt, als Lydia dort eintraf. Der zunächst vage Eindruck, den Fahrer zu kennen, wurde zur Gewißheit, als sie die übergroße Baskenmütze auf seinem Kopf wahrnahm: der Schriftsteller oder Künstler von eigenen Gnaden, den sie im Supermarkt gesehen hatte. Augenblicke später

bestätigte es ihr Candida.
»Du bist ein Engel, daß du kommst, Lydia. Ich bin gerade erst Arthur Dunsworth losgeworden – erinnerst du dich noch an ihn? Er ist zwar ein Original, aber er kann auch furchtbar anstrengend und lästig sein, und er und Mutter waren wie Hund und Katze. Magst du eine Tasse Kaffee? Harry, steh auf und sag Miss Peel guten Tag.«
Harry, heute in grauen Flanellshorts, stand auf, setzte sich sofort wieder hin und sagte überhaupt nichts. Lydia sah sich um: Das Wohnzimmer war groß und hatte hohe Fenster; die verschiedenen, nicht auf einander abgestimmten Möbelbezüge, aprikosenfarben und gold, blau, grün und rosa, machten die Weiträumigkeit merkwürdig angenehm. Wie Paula Blake gesagt hatte, war die Einrichtung modern, außer der antiken Nußbaumtruhe mit geschnitzten Trauben und Blättern. Lydia machte eine Bemerkung darüber, und Candida antwortete, während sie sie in die Küche führte: »Die ist sehr hübsch, findest du nicht? Sie hat Simon Wister gehört – er wußte, daß Mutter ganz verliebt in sie war, und hat sie ihr im Testament vermacht.«
Lydia hatte sich vorgestellt, daß Mrs. Chilton gemütlich in einer ländlichen Küche hantiert hatte; hier aber gab es eine langgestreckte Kunststoffanrichte mit doppelter Spüle aus Edelstahl, einen auf alt getrimmten Herd und einen Kühlschrank, der groß genug war, um einen Ochsen drin aufzubewahren. Candida, die Lydias »Nein, danke« wohl überhört hatte, goß Kaffee aus einem imponierenden Glasapparat in eine Tasse und sagte unverblümt: »Harrison ist hier, im Gasthof. Er ist zur Beerdigung gekommen.«
»Das ist nett von deinem Mann«, meinte Lydia und erntete einen ärgerlichen Blick dafür.
»Nett!« Candida knallte die Kaffeekanne hart auf den Tisch. »Wahrscheinlich ist er da, um Gründe für die Ablehnung meiner Vormundschaft über Harry zu finden – obwohl ich nicht abstreite, daß meine Mutter in ihn vernarrt gewesen ist.«
Es war also nicht Kummer, der am Telefon aus ihrer Stimme geklungen hatte, dachte Lydia, es war Ablehnung und die Furcht, jemand könnte aus Bosheit oder reiner Ungeschicklichkeit Jones Haviland erwähnen. Wieso hatte sie Candida ein Gefühl zugetraut, das nichts mit ihrem eigenem Wohlbefinden zu tun hatte?
Sie sagte ein wenig steif: »Ich habe den Eindruck, daß deine Mut-

ter hier sehr beliebt war. Allein schon aus diesem Grund kann ich mir nicht vorstellen, daß jemand ausgerechnet heute versuchen sollte, Unruhe zu stiften.«
»Nun . . .« begann Candida zerstreut und warf einen Blick auf die Uhr, »am besten, ich mache mich jetzt fertig. Harry beschäftigt sich allein, aber mir wäre lieb, wenn er nicht hinausginge, sonst schleppt er bloß Schmutz herein. Er schneidet gern aus Illustrierten die Bilder aus – nur ist er manchmal ein bißchen leichtsinnig mit der Schere. Sein Mittagessen hat Zeit, bis ich zurück bin, oder du gibst ihm ein paar Kekse. Und bitte, mach dir einen Drink, wenn du willst.« Sie winkte flüchtig und brachte es fertig, mit dieser Geste zugleich auszudrücken, daß man, nach eingehender Prüfung, Lydia den Getränkeschrank überlassen könne. »Es ist alles Nötige da, dort unten.«
Im Wohnzimmer knöpfte sie das kastanienfarbene Cape zu, drapierte ein hauchdünnes schwarzes Tuch über ihr blaßgoldenes Haar, zog Rehlederhandschuhe über, sagte zu Harry: »Liebling, hol mir Omas schwarzes Gebetbuch, es liegt auf ihrem Nachttischchen«, und überraschte Lydia mit einem ironischen Lächeln. »Ein Glück, daß es unversehrt blieb, nicht? Ich selber besitze keines.«
Harry kam mit dem Gebetbuch zurück, keine Minute zu früh: Eine lange schwarze Limousine glitt an den Vorderfenstern vorbei. Zwei Personen saßen schon darin – Mrs. Chiltons Anwalt und seine Frau, die, wie Lydia später erfuhr, seit zwanzig Jahren ihre Freunde gewesen waren – und Candida verschwand in einem diskreten Hauch Parfüm. Lydia blieb mit dem kleinen Harry allein.

Abgesehen von einem unheilvollen Blick auf sie, als die Tür sich schloß, schien Harry sich ihrer Anwesenheit nicht bewußt zu sein – nur das Umblättern wurde rascher. Lydia war amüsiert und ein wenig gerührt, als sie sah, daß er das Titelbild einer Nummer der *VOGUE* betrachtete, das ein seiner Mutter ähnelndes, langhalsiges Mannequin so zeigte, als habe sie sich eben zu den Tönen einer Flöte wie eine Schlange aus einem Korb geringelt.
Seitdem Harry in Mrs. Chiltons Schlafzimmer gewesen war, lag ein leichter Geruch nach Rauch in der Luft.
Lydia war froh über das Schweigen, Harry würde es früh genug brechen. Sie trank ihren Kaffee aus, der trotz seiner teuren Her-

kunft längst nicht so gut schmeckte wie ihre eigene einfache Marke, steckte sich eine Zigarette an und griff nach einem übergroßen Buch, das auf dem Couchtisch lag. Es war eine Biographie Schliemanns, mehr für Laien als für Archäologen gedacht, denn im letzten Teil wurden Fotos von Ausgrabungsstätten gezeigt, die Amateuren bescheidene Funde beschert hatten. Mit Tinte war ein Kreis um . . .

»Sie sind nicht mein Boss«, sagte Harry aggressiv, mit hochgezogenen Knien auf der Couch hockend.

»Nein«, stimmte Lydia zu und war überrascht, daß er eine Pause einlegte vor der nächsten Herausforderung.

»Das ist *mein* Haus«, verkündete er nun in drohendem Ton.

»Und es ist noch dazu sehr hübsch.« Gab es wirklich Streit um die Vormundschaft über dieses Kind? »Hast du denn nun die Schaufel deiner Großmutter bekommen?« fragte Lydia.

Harry schüttelte seinen seidigen Haarschopf und schnitt eine Grimasse, als ob es ihre Schuld sei, daß sich seine Hoffnung noch nicht erfüllt hatte.

»Na, du wirst bestimmt bald eine eigene haben. Wo hat denn deine Großmutter gegraben?« Wegen seiner völligen Unzugänglichkeit hatte sie keine Bedenken, ihn so direkt zu fragen.

Harry sah sie hochmütig an und richtete seinen Blick dann auf die Wand über ihrem Kopf. Seine Haltung betonte, daß sie das nichts anginge; selbst nach kurzer Bekanntschaft war Lydia sicher, daß er es nicht wußte, aber das nicht zugeben wollte. Nach einem Moment nahm sie das Buch wieder vom Tisch und schlug es auf der Seite mit dem Kreis aus Tinte auf. Hier stand, daß der Fundort in Arizona war, aber etwas an den Konturen kam ihr bekannt vor. Sie überlegte noch hin und her, als das Telefon läutete.

Harry schoß von der Couch hoch und rannte durch das Zimmer. Er hob den Hörer mitten im zweiten Läuten ab, meldete sich auf die übliche Weise, preßte den Hörer, irgendwie verblüfft, fester an sein Ohr und schnaufte hörbar und hoffnungsvoll in das Mundstück, ehe er wieder auflegte. »Sie haben eingehängt«, sagte er enttäuscht.

Jemand, der falsch gewählt und sich nicht entschuldigt hatte. Oder jemand, der aus der Zeitung die Beerdigungszeit wußte und nun prüfen wollte, ob das Haus leer war? Hier ist nicht New York oder Albuquerque, sagte sich Lydia, aber sie trug ihre Kaffeetasse in die Küche, spülte sie und verriegelte die dortige Hin-

tertür.
Im Wohnzimmer ging etwas Rasches und Verstohlenes vor sich. Holz knackte, Metall klirrte, und gerade als Lydia die Tür erreichte, krachte die Schublade des Telefontischchens auf den Fußboden, offensichtlich ein ihm verbotenes Behältnis, der Geschwindigkeit nach zu urteilen, mit der Harry ihre kurze Abwesenheit hatte nutzen wollen. Eine Taschenlampe, Reservebatterien und eine Anzahl Schlüssel waren herausgefallen; beim Aufprall hatte es nur einen einzelnen scharfen Knall gegeben.
Harry hatte ihn auch gehört; er sah mit angehaltenem Atem zu, wie Lydia die Schublade aufhob und es nur mit Mühe fertigbrachte, sie wieder hineinzuschieben, weil eine Seite beschädigt worden war. Als er sich hinkniete, um bei der Suche nach den herausgefallenen Dingen zu helfen, flüsterte er ängstlich: »Sag Mami nichts«, und Lydia versicherte gerührt von diesem Beweis seines Normalseins, daß sie schweigen würde.
Während Harry auf der Suche nach einer Taschenlampenbatterie unter einen Stuhl kroch, sammelte sie Schlüssel auf, einige mit Anhängern, einige augenscheinlich so bekannt, daß keine Schildchen nötig waren. Ein sauber gedrucktes »Wister« überraschte sie, bis sie sich erinnerte, daß Mrs. Chilton ein oder zwei Vorwarnungen vor dem tödlichen Herzanfall von Mr. Wister erwähnt hatte. In dieser ziemlich abgelegenen Gegend wollte er wohl, daß ein guter Freund im Notfall Zugang zu seinem Haus hatte.
Abgesehen von geliebten Verwandten oder den nächsten Freunden würde es wohl kaum jemand kümmern, daß ein Schlüssel für das Haus in fremden Händen war; die Reaktion der Blakes, wenn sie davon erführen, wollte Lydia sich lieber nicht vorstellen. Und warum hatte Paula gelogen, als sie von der »Trennung« von der geschnitzten Truhe sprach? Weil sie die erstbeste Erklärung brauchte, wenn auch noch so dürftig, um den wahren Grund für die Wut ihres Mannes zu verdecken?
Lydia hatte das Gefühl, daß es mindestens schon zwei Uhr sein müßte und Candida vermutlich an einem langen, stärkenden Lunch teilnahm; doch es war noch nicht einmal zwölf. Harry, der mit der Schere gefährlich nahe an der Couchdecke hantierte, hatte noch keine Anzeichen von Hunger gezeigt. Nur um die Zeit hinter sich zu bringen, schlug sie vor, ihm etwas zu essen zu machen.
Candida mußte entweder vorhaben, später am Tag zum Einkau-

fen zu gehen, oder sie wollte von Elder's Farms abreisen, nach dem Inhalt des Kühlschrankes zu schließen. Er enthielt lediglich eine geschälte Zitrone, eine einzige Scheibe Speck, einen verheißungsvollen, aber leeren Eierkarton, ein Stückchen Butter, einen Viertelliter Milch und eine halbleere Dose Spargel. Die gehörte wahrscheinlich Harry. Der Küchenschrank war nicht viel besser bestückt, aber es gab wenigstens Salzgebäck, und Lydia fand eine Dose Tomatensuppe, die sie warm machte und Harry anbot.

Warum, überlegte sie zum ersten Mal, hatte Candida, die niemals echten Kummer gezeigt hatte, ihre Mutter überhaupt besucht? Die Antwort kam ihr rasch: um Jones Haviland unter äußerst respektablen Umständen nahe zu sein. Mrs. Chilton war nicht damit einverstanden; der Maler hatte das selbst gesagt . . .

Es war fast ein Uhr, als Candida mit dem Anwalt und seiner Frau zurückkam, die bestimmt enttäuscht waren, sofern sie ein wohlvorbereitetes Trauermahl erwartet hatten. Lydia lehnte einen Drink ab, der ihr ein wenig wie eine Bezahlung fürs Babysitten angeboten wurde, und Candida ging mit ihr zur Tür. »Desmond Moran war nicht da«, bemerkte sie verstimmt, »was ich ein bißchen merkwürdig finde, in Anbetracht der Umstände.«

»Oh, er ist verreist«, sagte Lydia beiläufig mit dem Unterton – hast du das denn nicht gewußt? – und empfand ein kindisches Vergnügen auf dem Weg zu ihrem Wagen.

Die Fernsprechzelle neben der Tankstelle, die die Blakes benutzten, war wohl repariert worden, denn die Tür stand offen, und Lydia, die wegen eines Rotlichts hielt, sah Paula Blake in ihr stehen und mit dem Finger eine Seite des Telefonbuches entlangfahren. Sie mußte eine andere Frisur haben; Lydia brauchte einen Augenblick, um sie zu erkennen. Die Kamera lag wie immer neben ihr, es würde ihr eine Menge Fahrerei sparen, wenn sie ihre Fotos jetzt machen könnte, statt um drei Uhr wiederzukommen – aber die Zellentür schloß sich, die Verkehrsampel wechselte auf grün, und ein hinter Lydia wartender Fahrer hupte ungeduldig.

Vielleicht, weil der Besuch einem bestimmten Zweck diente, vielleicht, weil sie ihren ersten Besuch noch zu gut in Erinnerung hatte, freute sie sich nicht auf ihre nachmittägliche Aufgabe; obwohl die Fotos für Susan waren, fuhr sie nur ungern hin. Bei einem Glas kaltem Chablis, den sie ihrer Meinung nach wohl ver-

dient hatte, versuchte Lydia, ihre zwiespältigen Gefühle gegenüber den Blakes zu analysieren.
Wenn sie mit ihnen zusammen war, mochte sie sie leiden – Emmett mehr als die angespannte und konzentrierte Paula; nur in der Rückschau schien etwas fast Beunruhigendes in der Solidarität zwischen diesem Mann und dieser Frau zu liegen. Am ehesten konnte sie ihre Empfindungen noch mit denen an einem ersten Tag an einer neuen Schule vergleichen, wo die andern Kinder ihre Differenzen zeitweilig vergaßen und etwas zu wissen schienen, was sie allein nicht wußte, und alle hatten eine unterdrückte, boshafte Freude daran. Mit Sicherheit hatten die Blakes auch Morans Neugier geweckt. War er deshalb verreist?
In Lydia stieg bei diesem Gedanken eine unerklärliche Unruhe auf; es war, als ob sie durch das Überbringen des Spiegels ungewollt Teilnehmer an etwas geworden war, von dem sie lieber gar nichts wissen wollte. Mit dem unwirklichen Gefühl, alles wäre wieder so wie vor vier Tagen, machte sie sich zwanzig Minuten vor drei erneut auf den Weg zur Violet Lane.

10

Emmett Blakes Erinnerungsvermögen war genausogut wie das von Lydia; er rief seinen Gruß aus der bereits offenen Vordertür, als sie mit ihrer Kamera aus dem Volvo stieg: »Wo ist der Schnee vom letzten Jahr? Kommen Sie rein – Paula ist oben und macht sich schön, aber sie wird gleich runterkommen.«
Lydia folgte ihm in das blau und weiße Wohnzimmer, wo Mrs. Chilton erst vor so kurzer Zeit im Tweedkostüm und mit derben Schuhen gesessen hatte. Der Spiegel, der das irrisierende Leuchten einer Kristallvase reflektierte, wirkte, als hätte er schon immer zwischen den beiden Fenstern mit den Organdyvorhängen gehangen, und sie sagte das auch. Blake sah zufrieden aus und betrachtete ihre Kamera. »Genau wie unsere, deshalb nehme ich an, wir haben keine Chance für eine Innenaufnahme. Haben Sie jemals gemerkt, daß die wirklich teuren Kameras meist im Besitz von Leuten sind, die gar nichts vom Fotografieren verstehen?«
Absätze klapperten die Treppe herunter, und Paula kam in einem topasfarbenen Hosenanzug und einem engen, cremefarbe-

nen Pullover herein. »Seht mich an! Aufgeputzt für den Fotografen. Es ist besonders nett von Ihnen, Lydia, sich die Mühe zu machen, noch dazu nach einer Beerdigung. Wie war es übrigens, abgesehen davon, daß so etwas immer schrecklich ist?«
»Ich war nicht dort«, sagte Lydia und erklärte, warum. Beim Sprechen ging ihr durch den Kopf, daß Leute, die Brillen trugen, besonders solche mit Horngestell, wachsamer aussahen als andere, als ob sie ihr Sehvermögen bis aufs letzte ausnutzten. »Was ich sagen wollte, ich hätte auf dem Heimweg beinahe angehalten – ich sah Sie in der Telefonzelle bei der Tankstelle –, aber hinter mir waren zuviele Autos.«
Die Vordertür war anscheinend durch die Feuchtigkeit verquollen, und Paula mußte heftig daran ziehen. »Zu schade, daß Sie es nicht getan haben – ich hatte mich in der Arbeit festgefahren und Emmett hat auch früher aufgehört – was für ein herrlicher Tag!«
Das stimmte. Der in der Sonne schmelzende Schnee hatte frische grüne Rasenflecken in dem winzigen Vorgarten freigegeben, und das Holz der Apfelbäume war blaßrosa. Aus den Dachrinnen tropfte es regelmäßig und mit einem zeitlosen Geräusch.
»Liebling, dein Kragen ist hinten hochgeschlagen – so« sagte Paula, und dann zu Lydia: »An der Vordertür, etwa hier?«
Lydia ging ein paar Schritte zurück und sah prüfend durch den Sucher. Auch mit der simpelsten Kamera befürchtete sie immer, daß sie den Leuten die Köpfe oder Füße abschnitt, einen Finger ins Bild brachte oder das Objekt schief auf den Film bekam. Und sehr oft war ihr das auch tatsächlich passiert. Emmett und Paula Blake lächelten sie zuversichtlich an, ohne glasig zu blicken oder Glotzaugen zu machen; sie schoß zwei Aufnahmen und ging dann noch weiter zurück, um das Haus selbst festzuhalten, das klein und wie ein Spielzeug zwischen den Apfelbäumen dalag.
»Kommen Sie doch noch auf ein Glas Madeira herein, damit wir nicht allein trinken müssen«, sagte Paula, als das Fotografieren beendet war. »Außerdem möchte ich Ihnen etwas zeigen.«
Während Blake Madeira eingoß, verschwand sie nach oben und kam mit einem ungerahmten Bild zurück, das sie gegen die Couchlehne stellte. »Mein Mann hat dies Bild letzten Winter von dem alten Sommerhaus unserer Eltern am Cape Cod gemalt. Ich habe nicht die leiseste Ahnung, wie Susans Wohnung aussieht – glauben Sie, sie würde das als Geburtstagsgeschenk haben wol-

len?«
Das Bild war bezaubernd. Durch einen zartgrauen Schleier – Schlehen? Pflaumen? – sank Schnee auf ein in warmem Rot erglühendes Haus, dessen Dach ein Schornstein überragte. Es nahm kaum drei Quadratzentimeter der Leinwand ein, zog aber das Auge auf sich wie ein Edelstein in schneeweißem Samt. Die Wirkung war so stark, daß man sofort hinlaufen wollte.
»Es ist wunderschön«, sagte Lydia aufrichtig, suchte und fand Blakes Signatur in dem Grau verborgen. »Sie hat mir von dem Haus erzählt. Ich glaube, sie wäre begeistert.«
Blake machte die üblichen Einwendungen. Es sei zuviel Blau in seinem Schnee. Paula sagte zufrieden: »Gut. Es ist noch mehr als genug Zeit, aber ich bin froh, daß wir daran gedacht haben.«
Mehr als genug Zeit war noch untertrieben, dachte Lydia, und blickte über den Rand ihres Weinglases. Susan hatte erst im Dezember Geburtstag. Sie erinnerte sich sehr gut daran, weil Susan damals, ihrer Sache mit Miles noch immer nicht sicher, Lydia und einen der annehmbarsten und aalglattesten Junggesellen von Santa Fé zum Abendessen eingeladen hatte und sie in der Canyon Road im Schnee steckengeblieben waren. Nach Brandy und Champagner hatte der Junggeselle Lydia am nächsten Morgen zu einer unmöglichen Zeit angerufen und mit viel Herumreden herauszufinden versucht, ob er vielleicht zu geschwätzig gewesen sei? »Du machst wohl Witze, mein Lieber«, hatte Lydia gesagt und sich dann für das frühe Wecken revanchiert. »Du kannst doch unmöglich die Sondergenehmigung fürs Heiraten und den Saphirnerz vergessen haben . . . ach, Unsinn, Dick, alles was du gesagt hast, war Gute Nacht.«
»Zufällig haben wir Susan gestern abend angerufen – wir hielten die Spannung einfach nicht mehr aus«, berichtete Paula. »Ich muß schon sagen, ich hätte mir die Mühe sparen können, von den drei Dollar Gebühren ganz zu schweigen. Wahrscheinlich war Miles Marsh da. Jedenfalls war sie so aufgekratzt und sorglos, als gäbe es überhaupt keine Entscheidungen zu treffen. Sie sagte, sie würde über das Wochenende wegfahren«, Paula sah Lydia mit einer leisen Frage an, »und schreiben, sobald sie zurück sei. Das war alles.«
Da sie während der Woche in der Galerie ständig anwesend sein mußte, ließ sich Susan an Samstagen oft von ihrer Aushilfskraft vertreten und besuchte Freunde in Espanola oder Taos. Ehe Lydia der leicht verärgerten Paula antworten konnte, sagte ihr

Mann mit einem schiefen Lächeln: »Wir waren auch nicht besonders mitteilsam bei unserer Verlobung. Ich würde sagen, Susan ist vollkommen berechtigt, über ihre ebenfalls zu schweigen.«
Paula errötete zum ersten Mal in Lydias Gegenwart, und ihre Augen wurden hart: »Na ja, aber bei Susans Hochzeit gab es Meter und Meter von Satin und Spitzen und das ganze Drumherum. Wir waren uns beide einig, daß wir nicht von ihr verlangen konnten, mit der Bahn quer durch das ganze Land zu unserer winzig kleinen, informellen Feier zu kommen.«
Aber die Schwester hätte sich bestimmt über eine Einladung gefreut, selbst wenn sie dieser nicht hätte folgen können, dachte Lydia. Hatte Susan vermutet, daß man sie damals – in ihrer Trauer – noch nicht für fähig hielt, an einer Hochzeit teilzunehmen? In dem Fall wäre es kein Wunder, daß Emmett Blake in Susans Galerie mit seinen Arbeiten nicht vertreten war; so etwas konnte verstanden und verziehen, aber niemals ganz vergessen werden. Eine ausgesprochen persönliche Spannung lag plötzlich im Raum. Blake stand auf, goß Lydia Wein nach, ehe sie ihn davon abhalten konnte, und sagte leichthin: »Ich weiß wirklich nicht, warum wir all das in Ihrer Anwesenheit besprechen, Lydia. Wie lange bleiben Sie übrigens noch?«
»Bis übermorgen«, antwortete sie und bedauerte, daß es nur noch so kurz war: Dieses feuchte, waldreiche, wolkenverhangene Land schien ihr die einzige Wirklichkeit und Santa Fé ein langer sonniger Traum. Auf eine weitere Frage von Paula – ein anderer Versuch, die kurze Peinlichkeit zu überdecken? – erklärte sie, daß sie hier keine alten Freunde besitze, die sie aufsuchen könne, weil sie ihre Sommer in Elder's Farms fast ausschließlich mit ihren Vettern und Kusinen verbracht hatte.
»Natürlich habe ich Leute in der Stadt gesehen, die mir bekannt vorkamen, aber ich war nicht sicher, und ihnen ist es mit mir wohl genauso ergangen; also lächelten wir uns vage zu, für den Fall, daß wir uns kannten, und gingen weiter. Der einzige Mensch, mit dem ich, abgesehen von Ihnen, gesprochen habe, ist Candida Blackwood, und das entsprach mehr oder weniger einer Verpflichtung.« Desmond Moran, der so besonders interessiert an den Blakes war, erwähnte sie absichtlich nicht.
Nun würde einer der Blakes sicherlich auf Mrs. Chilton zu sprechen kommen, die Lydia ja nach ihrem ersten Besuch nach Hause gefahren hatte – aber Paula bemerkte statt dessen, daß es

Emmett ebenso ergangen sei, als er zum ersten Mal nach Elder's Farms kam. »Was wirklich erstaunlich ist, wenn man bedenkt, daß er achtzehn war – stimmt doch, Liebling? – und immerhin ein paar Wochen blieb . . .«

Reines Höflichkeitsgeplänkel. Lydia trank ihren Madeira aus und stand auf. Auf dem Weg zur Tür gab es die übliche langatmige Verabschiedung. Vielen Dank für den Wein; danke *Ihnen* für die Mühe mit dem Spiegel und den Fotos; gute Heimreise und viele Grüße an Susan. Lydia wendete den Volvo, winkte zurück zu dem Paar im Türrahmen und fuhr an dem Hügel vorbei hinaus. Aus irgendeinem Grund, der nichts mit dem Wein zu tun hatte, war sie merkwürdig nachdenklich geworden.

Paula goß sich Madeira ein. »Es mag dir nicht aufgefallen sein«, sagte sie, »aber sie hat mich ständig angeschaut.« Ihre Stimme klang sehr ruhig.

Ihr Mann warf ihr einen scharfen Blick zu und füllte auch sein Glas neu. »Ich komme nicht ganz mit.«

Paula klärte ihn über die Sache mit der Telefonzelle auf und fügte wütend hinzu: »Fang nicht zu pfeifen an, weil das auch nichts nützt.«

Eine Atmosphäre angespannter Konzentration hing im Raum, fast so spürbar wie Nebel oder Parfüm. »Nein«, sagte Emmett gedankenvoll. »Nein. *Aber* . . .«

Wegen der Verbindung der Nicholsons zu den anspruchsvollen Blakes war Garden Circle in Wrexley für Desmond Moran eine Überraschung. Ein ungepflegt aussehender Kranz von Zweifamilienhäusern aus gelblichem imitiertem Ziegelwerk, der Bäume so nötig gehabt hätte wie eine Frau mit schlechter Figur gutgeschnittene Kleider; aber abgesehen von einigen düsteren, scharfblättrigen immergrünen Büschen, die man häufig an Grabstätten findet, gab es keine Bepflanzung. In dem winzigen bräunlichen Rasenstück vor Nummer 5A stand das Schild eines Grundstückmaklers: Zu vermieten.

Obwohl es noch nicht einmal zwölf Uhr mittags war, schien in 5B eine laute Party im Gang zu sein, und Moran mußte zweimal klopfen, ehe sich die Tür heftig öffnete, soweit es die Vorlegekette zuließ. Nach einem Blick in die ernsten hellbraunen Augen einer Frau in einem dunkelblauen Bademantel, entschloß er sich, keine umständlichen Lügen zu erzählen; er nannte seinen Na-

men und daß er gehofft habe, die Nicholsons zu finden.
Ein plötzlicher scharfer Windstoß kam ihm zu Hilfe. Die Frau, die sich als Avis Tuttle vorgestellt hatte, zitterte und nahm die Kette weg: »Sie kommen besser rein, ehe ich eine Lungenentzündung kriege. Ich hoffe, Sie haben die Grippe schon gehabt.«
Moran log, er hätte sie bereits hinter sich. Das kleine Wohnzimmer roch so stark nach einem Einreibemittel, daß seine Augen zu tränen begannen, als sich die Eingangstür geschlossen hatte. Die Partygeräusche kamen aus dem Farbfernseher, auf dem ein Wettspiel zu sehen war, dessen Teilnehmer rote Gesichter hatten und chartreusefarbene Kleidung trugen. Miss Tuttle blickte sehnsüchtig auf den Bildschirm, stellte ihn aber ab, forderte Moran auf, Platz zu nehmen, und machte es sich in einem Sessel bequem. Sie sagte offen: »Hoffentlich ist es nichts Wichtiges, denn Sie kommen fast drei Monate zu spät. Die Nicholsons sind vor Weihnachten ausgezogen.«
Also war Weihnachten ein Schlüsselpunkt – aber wovon? Hatte die Abreise der Blakes die der Nicholsons ausgelöst, oder war es umgekehrt? Zufall schied sicher aus, überlegte er, und ohne sie zu sehen, starrte er Miss Tuttle so strahlend an, daß diese unruhig auf dem Stuhl herumrutschte, einen neuen Schwall Einreibmittelgeruch in seine Richtung schickte und sagte: »Am Weihnachtstag, um genau zu sein. Mir scheint, ein recht ungünstiger Tag für einen Umzug. Ich habe nicht einmal gewußt, daß sie fort waren, erst am andern Morgen.«
Die klassische Flucht bei Nacht und Nebel? Miss Tuttle, die Morans Verwunderung richtig deutete, erklärte, sie sei Nachtschwester im *Shore Hospital* und habe deshalb die Nicholsons kaum gesehen, seit sie das Apartment im vergangenen September bezogen hatten. »Sie hat auch gearbeitet, ein Segen für mich, weil ich wieder einschlafen konnte, nachdem sie morgens fortgegangen waren – diese Wände sind wie aus Papier.«
»Seltsam, das Ihnen gegenüber nicht einmal irgendwann am Wochenende zu erwähnen; Sie hätten ja schließlich einen Freund haben können, der ein Apartment sucht«, meinte Moran. Sie sprachen nun ganz offen über die Nicholsons; die Schwester empfand immer noch eine gewisse Neugier gegenüber den unsichtbaren Nachbarn, die so plötzlich verschwunden waren.
»An den Wochenenden bin ich nie hier. Ich fahre zu meiner

Schwester – sie hat ein Haus voller Kinder, und wenn man die ganze Woche Patienten versorgt, ist das eine nette Abwechslung. Vielleicht«, meinte Miss Tuttle, »sind sie ganz aus diesem Klima weggezogen, in den Südwesten oder sonstwohin, nachdem er im November doch so krank war.«
Desmond starrte sie wie gebannt an. Er holte seine Zigaretten heraus, fragte automatisch, ob ihr der Rauch etwas ausmachte, und als sie mit überraschender Aufrichtigkeit sagte, ja, das täte es, steckte er sie wieder weg und wünschte sich dabei, daß er ihr das Einreibmittel und die Papiertaschentücher verbieten könnte.
»Was war denn los mit ihm, wissen Sie das?«
»Lungenentzündung«, sagte Miss Tuttle mit einer Spur von professionellem Stolz. »Er war zehn Tage im Krankenhaus, nicht auf meiner Station, aber ich habe eine Kollegin gefragt; er hat auf die Antibiotika schlecht reagiert. Seine Frau muß sich bestimmt gesorgt haben, weil sie die ganze Zeit über nicht nach Hause gekommen ist.«
»Sie müssen sehr aneinander hängen.«
»Nun, es geht nichts über eine ernsthafte Krankheit, wenn Hingabe geweckt werden soll; aber ich möchte sagen, daß sie ein ruhiges Paar waren – haben meistens geschlafen, wissen Sie, wenn ich von der Arbeit kam.« Ein unheimliches Echo – worauf nur? – schwebte durch Desmonds Gedanken und war weg, als die Schwester trocken sagte: »In diesen Apartments kann man sich nicht streiten. Das einzige Mal – entschuldigen Sie mich eine Minute.«
Sie verschwand, offensichtlich, um eine neue Einreibung vorzunehmen; als sie zurückkam, begannen Morans kaum genesene Nasenschleimhäute von neuem wie Feuer zu brennen. Sie setzte sich nicht wieder auf ihren Stuhl, und er brauchte einen Augenblick, um sich klarzumachen, sie würde das auch nicht mehr tun. Während ihrer kurzen Abwesenheit hatte sie Gewissensbisse bekommen, daß sie über einen früheren Krankenhauspatienten sprach – oder die Abwesenheit sollte den Eindruck erwecken, sie habe vergessen, was sie hatte sagen wollen.
»Eine Schleimbeutelentzündung – wahrscheinlich hat jeder Mensch mal einen Punkt, wo die Widerstandskraft nachläßt, meinen Sie nicht?« Sie massierte ihre Schulter. »Ich muß bis Montag wieder gesund sein, wir sind sehr knapp mit Personal. Es tut mir leid, daß ich Ihnen nicht helfen konnte.«

Er hatte keine Wahl. Mit dem Gefühl bitterer Enttäuschung stand er auf. »Ich glaube, Sie könnten es doch. Aus Sicherheitsgründen«, es gelang ihm, diese altmodische Phrase mit Würde anzubringen, »darf ich Ihnen nicht erklären, warum es so wichtig ist, daß ich die Nicholsons ausfindig mache; aber alles, was Sie mir über sie sagen, kann lebenswichtig sein. Und es ist natürlich vertraulich.«
Während er ihrem Blick standhielt, befürchtete er, Miss Tuttle würde jetzt nach einem Ausweis fragen – aber augenscheinlich war ihre Stärke nur, Patienten im Kommandoton zu erklären, daß sie nicht aufstehen dürften oder aufstehen müßten. Sie spielte wie hypnotisiert mit ihrer Bademantelschnur und sagte: »Nun, es war eigentlich nichts, wirklich; nur ein paar Tage ehe sie auszogen, sind sie einmal sehr spät nach Hause gekommen – ich war gerade am Einschlafen –, und das ist das einzige Mal gewesen, daß ich sie streiten hörte. Mrs. Nicholson schien irgendwohin fahren zu wollen, das sei die Reise wert, sagte sie, und er sagte etwas ähnliches wie ›Bist du verrückt?‹, und so ging es eine Zeitlang hin und her.«
Desmond fühlte ein leises, kaltes Prickeln, das diesmal nichts mit dem Einreibmittel zu tun hatte. »Hat einer von ihnen einen Ort namens Elder's Farms erwähnt?«
Miss Tuttle hatte keine Ahnung. »Ohne Schlaf kann ich nicht arbeiten«, sagte sie fest, »deshalb habe ich mir die Ohren verstopft.«
Die Ohren verstopft. Einfach so, während sie sonst wahrscheinlich das ganze Durcheinander hätte entwirren können. Moran dankte ihr, er hoffe, ihre Entzündung werde bald besser, und fragte, die Hand schon auf der Klinke, nach dem Wagen der Nicholsons. Ein alter grauer Volkswagen, sagte Miss Tuttle, und nun hatte er Gewissensbisse; denn ihr Gesicht zeigte Beunruhigung. »Ich lebe ganz allein, wie Sie sehen, deshalb hoffe ich, daß mein Name nicht hineingezogen wird, worum auch immer es geht.«
Er beruhigte sie und fügte hinzu, die Nicholsons würden in jedem Fall dankbar sein, wenn er sie ausfindig machte. Mit dieser unwahren Behauptung ging er, blieb aber auf der Türschwelle kurz stehen, um die drinnen verbotene Zigarette anzuzünden.
Zur Herfahrt hatte er am Bahnhof ein Taxi genommen, aber es war nicht viel über eine Meile, und so ging er zu Fuß zurück; der

nächste Zug nach Boston fuhr erst in einer knappen Stunde. Ein beißender Wind drang ihm bis ins Mark.

Er überdachte die bisherigen Ergebnisse seiner Nachforschungen. Nicholson war im November ins Krankenhaus gekommen; seine liebende Frau hatte wahrscheinlich ein Zimmer gemietet, um ständig bei ihm zu sein. Beide hatten die Blakes einige Tage vor Weihnachten besucht und danach – dies war nur geraten, aber die Krankenschwester erinnerte sich an ihre späte Heimkunft – über eine Reise irgendwohin gestritten. Die Blakes hatten sich übereilt entschlossen, das Haus in Elder's Farms gleich nach Weihnachten in Besitz zu nehmen, anstatt erst am zweiten Januar, wie ursprünglich geplant.

Hatten sie, überlegte Desmond, die Nicholsons über den veränderten Plan informiert?

Eine andere Spekulation folgte auf dem Fuße, so wild, daß er sie, wäre nicht noch genügend Zeit bis zur Abfahrt des Zuges geblieben, sofort wieder verworfen hätte. Aber die Telefonzelle am Bahnhof war leer, ein Umstand, der ihm selten widerfuhr; das konnte ein Omen sein. Das Telefonbuch baumelte einladend vor seinen Augen. Er wählte Miss Tuttles Nummer, entschuldigte sich, daß er schon wieder störe, und stellte eine einzige Frage. Hörbar erleichtert, da es sich nicht um etwas handelte, das man hätte als Klatsch bezeichnen können, gab sie ihm Antwort.

Vorher hatte er das Ganze als Fadenende betrachtet, das er nicht loslassen wollte. Jetzt sah er es als einen feinen, fast unsichtbaren Draht, der ihn zu etwas führen konnte, das vielleicht eine Zeitbombe war.

11

Wie zu erwarten, hatte das Telefon geläutet, solange Lydias froststeife Finger mit dem Türschlüssel kämpften, und genau dann aufgehört, als sie abnahm.
»Wer immer es war, er wird wieder anrufen«, sagte sie laut in die drückende Stille hinein und ging kühn in die Küche, um Wasser für eine Tasse Tee aufzusetzen.
Es war schon halb fünf, weil sie, ermutigt durch das mühelose Funktionieren der Kamera bei den Blakes auf dem Heimweg noch angehalten und Schilfhalme fotografiert hatte, die wie winzige Speere in einer kleinen, inmitten eines Rüschenkragens aus Schnee liegenden Pfütze gestanden hatten. Irgendwann zwischen Pfütze und Haus hatte sich das Wetter mit einem Schlag geändert; die Temperatur fiel so plötzlich, daß die Feuchtigkeit an den Büschen in überraschende Formen erstarrte und hier und da Zweige wie mit glitzernden Spinnennetzen zusammengewebt schienen.
Sie war irgendwie traurig, weil sie sehr wahrscheinlich Mrs. Chiltons Grabeplatz entdeckt hatte.
Bei ihrem ersten Besuch bei den Blakes hatte Lydia nur die schmale Fassade aus Schindeln und kleinverglasten Fenstern mit blauen Läden zwischen den Apfelbäumen gesehen. Heute, beim Rückwärtsschreiten ein wenig den Hügel hinauf, um das ganze Haus auf das Foto für Susan zu bekommen, hatte der Sucher eine Stelle gestreift, wo Erdklumpen aus dem Schnee hervorragten, gerade vor einer niedrigen Mauer, die den größten Teil des Obstgartens umschloß. Der Fleck aufgegrabener Erde lag vor der Nordseite des Hauses, wo sie Emmett Blakes Malstudio vermutete. Selbst wenn es jetzt April und nicht rauher März gewesen wäre, konnte es sich kaum um die Vorarbeiten zu einem Beet handeln; was sollte im tiefen Schatten der Apfelbäume schon gedeihen?
Laut Mrs. Chilton hatte Simon Wister einmal ein Stück altes Zinn auf seinem Besitz gefunden – auf diesem Fleck? Aber eine Bitte um Erlaubnis, das Graben fortsetzen zu dürfen, konnte Emmett Blake damals kaum in die nur schlecht verborgene Wut versetzt haben, weil er doch nur abzulehnen brauchte.
Beim Zubereiten des Tees war sie nervös. Unter anderen, ähnlichen Umständen hätte sie einfach offen gesagt: »Aha, Sie haben mit der Gartenarbeit angefangen!« Sie hätten so oder so darauf

antworten müssen.
Warum hatte sie geschwiegen? War es – Lydia bemühte sich, ihre Empfindungen vernünftig auszudrücken –, weil etwas ganz leise Erschreckendes um die Blakes lag? Um Paula, deren Brille ihren abweisenden Ausdruck nur noch verstärkte, und sogar um Emmett Blake, trotz all seiner Höflichkeit? Sie waren freundlich, aber Lydia ertappte sich bei dem Gedanken, daß auch ein Schälmesser, mit dem man Kartoffeln schälte, gefährlich wurde, wenn man eine falsche Bewegung machte und es einen in die Hand schnitt.
Unsinn! Abgesehen von einer munteren Erkundigung nach der Beerdigung hatten die Blakes Mrs. Chilton überhaupt nicht mehr erwähnt, weil sie sie nicht mochten und es ablehnten, Trauer zu heucheln. Lydia nahm geistesabwesend einen Schluck kochendheißen Tees, stellte die Tasse hastig ab und überdachte ihre letzten Gedanken noch einmal. Irgend etwas war auf rätselhafte Weise nicht in Ordnung . . . und wieder läutete das Telefon.
Sie hatte halbwegs erwartet, daß Moran anrufen würde, und war über die hohe, schrille Stimme verblüfft, die Jones Haviland in Marblehead gehörte. Er sagte, er habe seit drei Uhr ständig versucht, Candida zu erreichen; ob sie bei Lydia sei?
»Nein, ich habe sie seit ihrer Rückkehr von der Beerdigung nicht mehr gesehen.«
Zum zweiten Mal erklärte Lydia ihren Aufenthalt im Haus der Chiltons. Haviland stimmte zu, daß es vernünftig war, dem Kind das zu ersparen, was er »diese schlimmen Riten« nannte, schien aber zu meinen, Lydia hätte dortbleiben sollen – vielleicht um dafür zu sorgen, daß Candida die Füße hochlegte, ihr gelegentlich die Hand zu tätscheln, ihr Erfrischungen zu bringen?
»Ich glaube wirklich nicht, daß Sie sich um Candida sorgen müssen«, sagte Lydia und betrachtete den Sprung im Spiegel. »Sie trägt es sehr tapfer.«
»Ja, sie hat eine großartige Haltung. Hören Sie, ich bin in den nächsten Stunden telefonisch nicht erreichbar, aber ich muß ihr so rasch wie möglich eine Nachricht übermitteln – kann ich sie Ihnen geben?«
»Nun . . . ja«, sagte Lydia widerstrebend. Sie haßte Aufträge wie diese, die vom Geber so unbeschwert erteilt und vom Mittelsmann wie eine Zentnerlast empfunden werden. »Alles, was ich tun kann, ist, bei ihr anzurufen.«

»Sagen Sie ihr«, erklärte Haviland entschlossen und unbekümmert, »daß sie heute nicht von Elder's Farms wegfahren soll und daß ich sie später anrufen werde.«
Lydia, die sich an den Zustand von Mrs. Chiltons Kühlschrank erinnerte, hegte den Verdacht, diese Nachricht würde nicht gerade mit besonderem Vergnügen aufgenommen. *Wenn* sie überhaupt zu erreichen war, wenn sie und Söhnchen Harry sich nicht bereits auf dem Weg nach Marblehead befanden. Lydia probierte es mehrmals erfolglos, sie zu erreichen, nahm dann ein sehr heißes Bad, weil sie noch immer fror, und während sie im Wasser lag, dachte sie an Susan. Entweder war der Abend nicht so verlaufen, wie Susan gehofft hatte, oder sie hatte Miles gegenüber den Gedanken, einen Kunststudenten als Aufpasser anzustellen, erwähnt, und das hatte irgendwelche Schwierigkeiten ausgelöst. Ich hätte meine Augen vor der ganzen Sache verschließen müssen, sagte sie und starrte dabei an die Decke – was aber, wenn man Miles Marsh erwischt und anzeigt, und das in einer Stadt, wo jeder jeden kannte . . .
Sie hatte völlig vergessen, Candida noch einmal anzurufen. Sie stieg aus der Wanne, schlüpfte in einen langen Morgenrock, lauschte dann dem hohlen Läuten im Hörer und rief, nach einem Augenblick der Unentschlossenheit, bei Moran an. Er konnte sehen, wenn die Lichter im Nachbarhaus angingen und Candidas Rückkehr anzeigten. Und obwohl es klar war, daß er über Jones Haviland völlig Bescheid wußte, wollte Lydia das Theater auf sich nehmen, ihn nur bitten, Candida mitzuteilen, daß sie eine Nachricht für sie habe.
Das Telefon klingelte nur einmal, dann piepste es aus dem Hörer: »Hier bei Mrs. Chilton«, und im Hintergrund sagte eine amüsierte weibliche Stimme: »Liebling, wir sind nicht zu Hause.«
»Hallo, Harry«, sagte Lydia. Er war einfach überall, dachte sie, wie die Grippe. »Hier ist Lydia Peel. Kann ich mit deiner Mutter sprechen?«
Harry, verwirrt durch seinen Irrtum, schnaufte ein paar Sekunden lang wortlos in den Hörer; dann, nach einem entfernten und uninformativen »Mami«, sagte Candidas spröde, anmaßende Stimme: »Ja?«
Diese einzige Silbe, in einem Ton gesprochen, als richte sie sich an einen lästigen Vertreter, machte Lydia wütend. Sie entledigte sich Jones Havilands Botschaft im selben Ton und mit gewisser

Genugtuung; am anderen Ende der Leitung entstand eine kleine verärgerte Stille. »Nun, er muß doch mehr gesagt haben. Ich meine –«, Candida lachte etwas unsicher, »einen Grund.«
»Das war alles«, erklärte Lydia höflich.
»Oh. Wie lästig, aber trotzdem vielen Dank, Lydia. Halt, warte eine Sekunde . . .«
»Ich habe Sie vorhin zu erreichen versucht«, klang Desmond Morans Stimme aus der Muschel, so munter, als ob er an eine früher geführte Unterhaltung anknüpfte. »Wir warten darauf, daß Candidas Garage anruft und mitteilt, wann ihr Wagen fertig ist. Aber das müßte jetzt jede Minute der Fall sein. Ich wollte Sie fragen, ob Sie zum Abendessen frei sind?«
Lydia sagte, daß sie es sei und sehr gern mitkommen würde. Nachdem sie aufgelegt hatte, entdeckte sie, daß sie einem Zustand nahe war, den sie längst überwunden zu haben glaubte: Sie war beinahe aufgeregt. Vom Baden waren die Spitzen ihrer Haare naß geworden und nun weich und federig getrocknet, anstatt wie sonst ordentlich herabzuhängen. Sie hatte nur wenig Gepäck nach Elder's Farms mitgenommen, und obwohl Modemagazine sich lyrisch über die verwandelnde Wirkung von Accessoires verbreiteten, im Zusammenhang mit dem »guten Stück, das Sie zum zweitenmal tragen wollen«, sah es für Lydia doch wie dasselbe Kleid aus, nur mit einer Chiffonblüte, die sich um keinen Preis befestigen lassen wollte, was immer sie auch versuchte, und goldenen, anstelle von Perlohrringen. In dem Gefühl, noch irgend etwas Neueres beisteuern zu müssen, tuschte sie sich die Wimpern dunkel.
Über all dem hatte sie den größten Teil der Fünfuhrnachrichten versäumt. Was blieb, war ein Werbespot über ein Haftmittel für künstliche Gebisse – die erfolgreiche Benutzerin fletschte ihre Zähne wie ein Vampir –, dann erwies sich etwas, das zunächst aufregend wie ein mörderischer Sturm über dem Meer ausgesehen hatte, als ein Magen, der ein Mittel gegen zuviel Säure benötigte, und schließlich kam noch die Wettervorhersage: weiterhin kalt. Der Teich ließ zur Bestätigung ein dumpfes Beben hören, und als Desmond Moran kurz nach sechs Uhr eintraf, bat er um etwas heißes Wasser anstatt Eis für seinen Scotch.
Lydia stellte Käse und Crackers auf den Couchtisch und fragte betont höflich nach Candidas Wagen. Moran, im stillen amüsiert, erklärte, er habe sie zur Garage gefahren, damit sie ihn abholen konnte und daß sie dort nichts am Motor hatten finden

können. »Sie schien mir ein bißchen durcheinander zu sein. Sie hat sogar Harry angeschrien!«
Also hatte ihn Candida, was Jones Haviland betraf, nicht ins Vertrauen gezogen. Lydia sah ihn überrascht an und fing einen gespannt aufmerksamen Blick von ihm auf. »Harry kann ziemlich vorlaut sein«, sagte sie rasch. »Ich habe keine Musik gehört, als ich anrief, also nehme ich an, Sie haben kein Klavier.«
»Nein, zum Glück nicht. Mrs. Chilton war die geduldigste Großmutter, die man sich denken kann, aber schließlich kam es soweit, daß sie ihr Klavier absperrte.«
»Ach so«, sagte Lydia. »Deshalb –« und erklärte Harrys raschen und stürmischen Versuch, an die Schublade im Telefontischchen heranzukommen. »Er wird sich gedacht haben, daß ich von dem Verbot nichts weiß, und da hätte er wie ein Verrückter auf dem Klavier herumdreschen können. Warum, glauben Sie, tut er das überhaupt?«
»Vermutlich macht er eine Studie über Schmerzschwellen oder Leidensfähigkeit verschiedener Altersgruppen«, sagte Moran spöttisch. Er nahm das Glas mit seinem Drink, schien sich zu wundern, daß er es in der Hand hielt, und stellte es wieder hin. »War da zufällig auch ein Schlüssel zum Haus der Blakes?«
Er vergißt doch nie etwas, dachte Lydia mit wachsendem Ärger. Er ist sehr nett – eigentlich sogar mehr als das –, aber er ist nur hier, um zu sehen, was er ausfindig machen kann. Sie antwortete steif: »Ja, da war ein Schlüssel mit einem Schildchen Wister dran. Es waren viel zu viele da; die können gar nicht alle in Gebrauch gewesen sein, und ich glaube, Mrs. Chilton hat einfach vergessen, daß sie ihn besaß. So wenig ich sie kannte, kann ich mir doch nicht vorstellen, daß sie anderer Leute Häuser durchstöberte.«
Moran leerte sein Glas. »Außerdem auch schwierig, wenn man sieht, wie sehr sich die Blakes zurückhalten . . . Sie sind wunderschön, wenn Sie böse sind«, schloß er freundlich, und Lydia lachte gegen ihren Willen und holte frische Drinks.

Das Abendessen war ein Erfolg: Hähnchen mit Pilzen, Rahmkartoffeln, Salat, dänisches Bier. »Sie haben sicher schon mehr als genug Fisch gegessen«, meinte Moran. Sie unterhielten sich über neutrale Themen, und Moran kam dem problematischen Sektor lediglich nahe, als er bemerkte, daß der kleine Harry Blackwood eine seltsame bösartige Faszination besaß. »Und das

– bedenken Sie – sind seine besten Jahre. Stellen Sie sich ihn einmal später vor, in einer modernen Bank, wie er Darlehen ablehnt, weil die Antragsteller aussehen, als hätten sie es nötig.«
»O nein. Dann ist er in einem Ministerium, mit Perserteppich . . .«
Hier wurde Lydia klar, was seine Aufmerksamkeit vorhin erregt hatte: Er hatte ihre gefärbten Augenwimpern angestarrt. Sofort fühlten sie sich zu lang und falsch an, und um sie möglichst klein zu machen, schlug sie den Blick nicht nieder, sondern starrte ihn nun ihrerseits mit aufgerissenen Augen an, was bewirkte, daß Moran etwas verlegen wurde. Der Kaffee kam, und in ihrer Befangenheit fuhr Lydia zusammen, als Moran über den Tisch hinweg ihre Hand leicht berührte und sagte: »Links von Ihnen, da sitzt er, der Ehemann und Vater.«
Lydia ließ einige Sekunden verstreichen und blickte dann beiläufig hin. Harrison Blackwood war grauhaarig, sorgfältig frisiert, auf eine ruhige Art wachsam. Er saß allein an einem Tisch, von dem aus er das ganze Lokal überblicken konnte. Sein Sitzungssaalblick streifte auch Lydia, verweilte kurz und wandte sich wieder dem Eingang zu. Hatte er Spione und hoffte, seine Frau mit Jones Haviland zu überraschen? Aber Haviland mußte seinerseits Spione haben, dachte Lydia, die ihm gemeldet hatten, daß Candidas Mann nicht sofort nach der Beerdigung nach New York zurückgekehrt war, wie man hätte erwarten können.
»Wie war denn Ihr Abendessen mit den Blakes?«
Die Frage kam gekonnt ungezwungen und überrumpelte Lydia, deren Gedanken woanders gewesen waren. »Sehr nett. Ich habe übrigens heute nachmittag ein Gemälde von ihm gesehen. Eine Landschaft in Öl, ungewöhnlich hübsch.«
»Oh? Wurden Sie eigens deshalb eingeladen?«
»Nein, ich habe Paulas Schwester versprochen, Fotos von ihnen und dem Haus mitzubringen.«
Moran blickte Lydia an, ohne sie zu sehen. Es wirkte auf sie, als habe sich plötzlich eine Glasglocke über den Tisch gesenkt, die die Geräusche des Restaurants ausschaltete und sie beide hermetisch umschloß. Er sagte, und das war keine Frage: »Und Sie haben Aufnahmen gemacht.«
Unter seinem unverwandten Blick, der nach innen gekehrt schien, hatte Lydia den Eindruck, im Weg zu sein; sie fühlte sich unbehaglich und in der Defensive. »Das tut man unter diesen

Umständen für gewöhnlich. Es wäre sogar merkwürdig gewesen, wenn ich es nicht getan hätte.«

». . . Ja.«

Das kam mechanisch; er hätte auf die Bemerkung, es sei für August reichlich kalt, genauso antworten können. Dann war das Restaurant mit seinen Geräuschen wieder da, und Moran sagte sorglos: »Wenn Sie hundertprozentig sicher sein wollen, daß Ihre Bilder gut werden – ich kenne einen Fotografen in der Stadt, der sie sehr rasch entwickelt.«

Und ihm auch einen Abzug gibt, der fremden Leuten gezeigt würde. Lydia fand, sie habe schon genug in Susans Leben herumgestöbert, und wollte das nun nicht auch noch bei deren Schwester tun. Moran hatte zweifellos eine eigene Kamera; sollte er die doch benutzen! »Ich habe drei oder vier Aufnahmen gemacht«, log sie in ähnlich sorglosem Tonfall, »also müßte wenigstens eine gut werden. Wie war Ihre Reise?«

Jetzt lächelte er ihr anerkennend zu: »Es kam nicht viel dabei heraus.«

Mit den im ersten Stock und unten teilweise erleuchteten Fenstern und dem Volvo, für alle sichtbar in der Auffahrt geparkt, machte das Haus der Donahues auf Lydia einen überraschend bewohnten Eindruck, obwohl sie doch selbst diese überzeugende Beleuchtung veranstaltet hatte. Sie konnte nicht ahnen, daß tatsächlich drinnen jemand geduldig auf sie wartete.

Als sie aufgeschlossen hatte, ging Moran mit ihr ins Wohnzimmer und blickte sich prüfend um. Auf dem Heimweg vom Restaurant war er schweigsam und geistesabwesend gewesen. Er hatte erklärt, sich nicht lange aufhalten zu wollen, weil man ihn vielleicht telefonisch zu erreichen versuchte. Lydia war verblüfft, als er die Spitzen ihrer Wimpern behutsam hob und sie dann zart küßte, ehe das Ergebnis ihrer Färbekunst überhaupt zur Sprache gekommen war. »Außerdem«, meinte er und wandte lauschend den Kopf, »glaube ich, daß Sie Besuch bekommen.«

Eine Wagentür schlug zu, dann eine zweite. Er ging zu einem Seitenfenster, schob vorsichtig eine Samtfalte zurück und meldete über die Schulter: »Ein Herr mit Melone und eine weißhaarige Dame. Beide klein und nicht besonders flink. Kennen Sie sie?«

Er sah sie fragend an. Lydia sagte nur: »O Gott! Onkel Frank und

Tante Lilian. Fliehen Sie, solange Sie noch können.«
Fünf Minuten später, während sie Cocktails in der überraschend kalten Küche mixte, sprang nicht allzu weit entfernt ein anderer Wagenmotor an – diszipliniert, ohne ein Anzeichen von zu viel Gas – und ein alter grauer Volkswagen verschwand in der eisigen Dunkelheit.

12

Frank und Lilian Grace waren keine richtigen Verwandten, ererbt wie ein Familienfluch, hatte Nancy Donahue einmal bemerkt, nachdem sie von ihnen bis drei Uhr morgens aufgehalten worden war. Winzig, von rotbrauner Gesichtsfarbe, weißhaarig, anzusehen wie eine Kreuzung zwischen strengen Abstinenzlern und Reformkostanhängern, besaßen sie das Trink- und Stehvermögen von Giganten. Zweimal jährlich kehrten sie dem leichtlebigen East Orange den Rücken, um nach Elder's Farms zu fahren, brachten aufreizende Zigarren- und Parfümdüfte mit, Flaschen mit Alkohol, die man gegen das Licht halten und bewundern mußte, und duftende Mandeln für die Kinder.
Geheimnisvollerweise schienen sie weniger wegen der Donahues zu kommen, als vielmehr um sich gegenseitig lange Geschichten über Leute zu erzählen, die nur sie selbst kannten. Während die Stunden vergingen, wurden von Franks Zigarren ringsum Kopfschmerzen erzeugt, Augen wurden glasig, Kehlen dorrten vom Schweigen aus. Lydia, die nicht ahnen konnte, wie äußerst dankbar sie ihnen für ihre Anwesenheit hätte sein müssen, erinnerte sich nur, daß sie sie als Kind immer zärtlich in die Nase gezwickt hatten.
»Kleine Lydia«, sagte Tante Lilian zärtlich, ein Glas in der Hand, und Onkel Frank wollte alles über die Hochzeit wissen, die sie versäumt hatten, weil eine Nichte Lilians gestorben war. Nachdem sie sämtliche Einzelheiten erfahren hatten, fielen sie in die gewohnte Schablone: »Das erinnert mich an May Littauers Hochzeit, Frank. Der älteste Howardjunge war Trauzeuge.« – »Nicht der älteste, Lilian.« Die Zigarrenspitze glühte. »Das war Roy, und er war damals bei der Marine. Er hat dann Dan Childers Kleine geheiratet, erinnerst du dich, die, von der jeder glaubte, sie sei verlobt mit . . .«

Lydia sah höflich von einem zum anderen, sagte: »Tatsächlich?« und »Oh«, so oft die Graces sie erwartungsvoll anschauten, machte ihnen neue Drinks und hörte dann überhaupt nicht mehr zu. Es sind schließlich meine Wimpern, dachte sie und versuchte sich in Entrüstung zu versetzen, was ihr nicht so recht gelang, und ich kann sie weiß färben, wie sie ein Albino hat, wenn ich will . . .

Desmond Moran dachte ebenfalls kurz an Lydias Wimpern – er wünschte, daß sie die goldenen Spitzen nicht übertönt hätte – und an die überraschende Wärme ihrer Lippen; er sah eigentlich recht zufrieden aus, bis er auf einmal die Stirn runzelte.
Sein ganzes Konzept war ihm unter den Fingern gestorben, so unerklärlich wie ein gesundes Kind in einem vollkommen sicheren Bettchen. Im Licht dessen, was Lydia ihm beim Abendessen erzählt hatte, wirkte seine Fahrt nach Boston und Wrexley wie der Übereifer einer aufgeregten alten Jungfer, die abends unter ihrem Bett nach einem Einbrecher nachschaut. Und doch . . .
In einer Bäckerei, die so spät noch geöffnet hatte, wählte er hastig einen Kuchen aus, trug ihn in einer Schachtel zu seinem Wagen und fuhr zu den Chiltons. Es war erst kurz nach neun Uhr, und die Fenster waren noch erleuchtet, wie er gehofft hatte. Candida öffnete auf sein Klopfen mit einem für jeden, der sie kannte, deutlich ärgerlichen Gesicht, weil man sie in einem dunkelblauen Arbeitskittel erwischt hatte, der dem der Krankenschwester in Wrexley nicht unähnlich war.
»Ich habe einen Käsekuchen mitgebracht«, sagte Moran gewinnend und reichte ihr die Schachtel, »und wollte fragen, ob Sie zufällig eine Tasse Kaffee dazu haben?«
»Ja, natürlich.« Candida schloß die Tür, und etwas, das dahinter in der Ecke gestanden hatte, fiel mit Geklapper um. Eine Schaufel. »Ich dachte«, ihre Augenbrauen waren hochgezogen, »daß Sie mit Lydia Peel essen würden.«
»Habe ich auch getan. Aber ihr ist plötzlich eingefallen, daß ihre Tante und ihr Onkel aus Florida anrufen wollten«, erklärte er flüssig, »deshalb mußten wir auf den Kaffee verzichten.«
»Oh! Dann mach ich ihn gleich. Setzen Sie sich doch und entschuldigen Sie mich«, sagte Candida und sah mißgelaunt an sich hinunter. »Harry spritzt immer so im Bad . . .«
Er entschuldigte sie nur zu gern. Während hinter der geschlossenen Tür Küchengeräusche hörbar wurden, ging er zu dem

kleinen Tisch, auf dem das Telefon stand, zog die Schublade leise heraus und schob ihren Inhalt vorsichtig zu sich heran. Als Candida dann in einem elfenbeinfarbenen und goldgestickten chinesischen Morgenrock und engen Hosen zurückkam, hatte er den Schlüssel zum Haus der Blakes sicher in der Tasche.

»Lydia ist so attraktiv, finden Sie nicht? So–« Candida reichte ihm Kaffee und ein Stück Käsekuchen und tat, als ob sie nach dem richtigen Wort suchte, »so natürlich.«

Was arglos heißen sollte, dachte er ärgerlich, wenn nicht sogar einfältig. Es schien ihm ein sehr schlechter Dank für das Babysitting bei Harry am Morgen. Er nickte zu der Schaufel hin, die er wieder aufgestellt hatte: »Gehört die zur Verteidigung gegen Eindringlinge?«

»Nein, sie gehörte meiner Mutter.« Obwohl kaum zehn Stunden seit der Beerdigung vergangen waren, klang das kurzangebunden und mißbilligend. »Sie hat sie eigens gekauft – sie ist stabil, wiegt aber nicht viel, und sie wollte damit tatsächlich anfangen zu graben, wenn Sie sich das vorstellen können. Harry hat geradezu eine Leidenschaft für das Ding entwickelt und wollte sie sogar mit ins Bett nehmen – wir hatten einen richtigen kleinen Auftritt deshalb.«

»Wo wollte Ihre Mutter denn graben?«

Candida zuckte die Achseln. »Weil sie wußte, wie ich darüber dachte, hat sie mir nicht viel davon erzählt. Sie sagte etwas vom Besitz der Blakes, aber ich hatte den Eindruck, daß die nicht sonderlich begeistert waren. Ach, und einmal hat sie Harry zu einem Loch mitgenommen, wie er es nannte, und das war natürlich etwas anderes. So was kann für ein Kind gefährlich werden«, sagte sie und blickte Moran streng an.

Um halb elf war er wieder in seiner Wohnung. Vorher, an der Tür, hatte er Candida noch gefragt – ihre Gelassenheit wirkte beinahe erschreckend –, ob auch alles in Ordnung sei. Mit einem flackernden Blick zu der kleinen Glasröhre, die noch immer auf dem Kaminsims lag, versicherte sie ihm, daß sie, wenn nötig, eine Schlaftablette nehmen würde. Das Telefon läutete, als er ging.

Er goß sich ein Bier ein, um den Geschmack des Käsekuchens und des mittelmäßigen Kaffees wegzuspülen. Im Geist wog er seinen eigenen Verdacht gegen die Tatsache ab, daß Lydia Bilder hatte machen können, und der Verdacht wog schwerer. Er schrieb ein paar Minuten lang etwas auf die Rückseite eines

Briefumschlags, strich Sätze aus und fügte neue ein und rief gleich darauf eine Nummer in Manhattan an.
Es war Hazel Craig, die im Apartment unter dem seinen wohnte und ans Telefon kam, und das war ihm gerade recht; ihr Mann, obwohl sonst ganz liebenswert, konnte um diese Nachtzeit vielleicht ein bißchen verschlafen sein. Moran beantwortete geduldig Erkundigungen nach seinem Wohlergehen, erfuhr, daß letzte Woche ein Mieter in der Eingangshalle verprügelt worden war, und brachte dann seine Bitte vor. »Sicher«, sagte Hazel, zeigte weder Neugier noch Überraschung – und las ihm noch einmal vor, was er ihr diktiert hatte.
»Kürzlich hat ein Mr. Duffy nach dir gefragt«, sagte sie, als sie fertig war. »Er konnte dich ein paar Nächte lang dort oben nicht erreichen und dachte, du seist vielleicht schon wieder zurück in der Stadt. Er mußte irgendwohin fahren, aber ich soll dir ausrichten – *Tom*!« schrie sie markerschütternd.
Aus dem Hintergrund kam ein Geräusch, als ob jemand an ein Möbelstück gestoßen wäre. Etwas zerbrach. Man konnte Hazel ohne Groll zu ihrem Mann sagen hören: »Ich habe dich ja gewarnt!« ehe ihre Stimme wieder zu Moran zurückkam: »Ich soll dir ausrichten, je mehr er darüber nachdenkt, desto sicherer ist er, daß in New Orleans keine Frau dabei war.«
Einen Augenblick schien ihm, als sei hier eine Verschwörung zu seinem Besten im Gange. (»Über eine Frau nachzubrüten, die er vor drei Jahren gesehen haben will, kann nicht gesund sein.«) Aber dann stand deutlich das Bild von Mrs. Chilton vor seinem inneren Auge, so lebendig in ihrem Tweedkostüm, und Stunden später der Muschelaschenbecher mit seinem sauberen Häufchen Kippen. Das war einfach nicht der Aschenbecher einer Frau, die beim Lesen rauchte.
Er dankte Hazel Craig, rief noch eine Nummer an und ging dann zu Bett.

Am andern Morgen um halb elf Uhr störte der Lärm des Türklopfers Paula Blake bei der Morgengymnastik auf der Matte in dem Zimmer auf, in dem auch ihr Schreibtisch und die Schreibmaschine standen. Auf dem Rücken liegend, die Beine in Radfahrerposition, wartete sie, ob ihr Mann zur Tür oder der Ankömmling wieder gehen würde. Beim zweiten ungeduldigeren Klopfen rollte sie sich gewandt auf die Beine, setzte die Brille auf, warf einen kurzen, gestreiften Hausmantel über und nahm an

der Tür ein an Emmett adressiertes Telegramm entgegen.
Er war in der Küche und machte sich grade eine Tasse Kaffee. Sie lasen das Telegramm gemeinsam. ENTSETZT UND TRAURIG ÜBER DIE NACHRICHT VON SIMONS TOD NACH RÜCKKEHR AUS EUROPA. ANKOMME SANDS HOTEL, NORWALK, 14. MÄRZ. WÄRE AUS GESUNDHEITLICHEN GRÜNDEN DANKBAR, WENN SIE UND IHRE FRAU UM EIN UHR MEINE GÄSTE ZUM ESSEN WÄREN, DAMIT ICH WICHTIGEN BRIEF ÜBERGEBEN KANN. WELLES ROLAND.
Heute war der vierzehnte. »Komisch, daß er den Brief nicht bei seinem Anwalt gelassen hat«, sagte Paula scharf.
»Vielleicht –«
Sie starrten sich an. Irgend ein geheimer Safe, fragten sie sich in Gedanken, oder noch etwas Interessanteres? »Ich werde mich erkundigen«, sagte Emmett, holte seinen Mantel und fuhr hinaus in den Nebel. Er kam zurück und sah ganz vergnügt aus. »Welles Roland hat nicht nur ein Zimmer dort reserviert, nein, eine ganze Suite – anscheinend hat er einen Chauffeur, der ihn fahren muß. Sie erwarten ihn gegen Mittag und haben von roten Teppichen und Obstschalen gesprochen. Du ziehst dich besser um.« Er gab seiner Frau einen herzhaften Klaps. »Irgendwas sagt mir, daß der alte Junge schwarz schätzen würde . . .«

Von der Spitze des bewaldeten Hügels, der sich östlich des Chiltonbesitzes erhob, beobachtete Moran die Abfahrt der Blakes um fünfundzwanzig Minuten nach zwölf. Das Haus nahm ihm die Sicht auf ein Drittel des Weges, aber er benutzte ein gutes Fernglas, das ihm zwei Gestalten in dem Austin zeigte. Obwohl er nur eine Stunde Zeit hatte, wartete er noch drei lange Minuten, ehe er unter den Hickorybäumen hervortrat.
Er war früh aufgewacht, hatte zuviel Kaffee getrunken und in seinem Manuskript geblättert, war aber zu aufgeregt, um etwas daran zu tun. Eine brandneue Sorge trieb ihn den Hügel hinauf, lange vor dem Zeitpunkt, zu dem die Blakes wegfahren mußten: Waren die Schlösser ausgewechselt worden, als sie das Haus bezogen?
Abgesehen davon, daß sie verschwenderisch glühende Zigarettenasche auf ihre Kleidung verstreut hatte, sprach am stärksten für einen Unfalltod Mrs. Chiltons, daß nichts auf einen gewaltsamen Eintritt in das Haus hindeutete. Aber nachdem sie im Be-

sitz eines Schlüssels zu Simon Wisters Haus gewesen war, ließ sich ein Schlüsselaustausch vermuten, eine nicht ungewöhnliche Vereinbarung zwischen Freunden, von denen keiner mehr jung war und die beide allein lebten. Nach Morans Theorie mußte also auch für das Chilton-Haus ein Schlüssel im Haus der Blakes existieren. Waren die Blakes zu demselben Schluß gekommen und hatten danach gehandelt?

Sie hatten es nicht getan – weil sie es, genau wie Lydia, unvorstellbar fanden, daß Mrs. Chilton jemals Simon Wisters Schlüssel benutzt haben würde. Als Desmond zum Obstgarten kam, starrte er kurz auf die zerwühlte Erde innerhalb der Mauer und ging um das Haus. Er gelangte ohne Schwierigkeiten hinein.

Wohnzimmer, Wedgwoodblau und -weiß, antik möbliert mit Ausnahme eines bequemen Kaminsessels, der viel benutzt aussah. Ein zarter ovaler Spiegel – der, den Lydia aus Santa Fé gebracht hatte? – glänzte zwischen zwei Fenstern. Er ging direkt zu dem Mahagonischreibtisch, der an der Wand zur Auffahrt hin stand. Er war nicht naiv genug, mit Unterschriftsübungen bedeckte Papierbögen zu finden, aber die Annahme schien logisch, daß auch die vorsichtigsten Leute – Leute mit sehr viel Grund zur Vorsicht – im Lauf der Zeit ein wenig in ihrer Wachsamkeit nachließen.

Er war so überzeugt, die Mittelschublade genauso wie die unterste abgeschlossen zu finden, daß sie ihm geradezu entgegenflog. Abgesehen von zwei Füllhaltern, einem Heftchen Briefmarken, ein paar Papierklammern und einer Handvoll Karten ortsansässiger Geschäftsleute, enthielt sie nur ein großes Scheckheft, drei Schecks je Seite: »Emmett J. oder Paula L. Blake, Violet Lane, Elder's Farms, Conn.« und das Kennwort. Am fünfzehnten Januar betrug das Guthaben neunhundertdrei Dollar dreiundachtzig; vor zwei Tagen, am zwölften März, betrug es achthundertneun Dollar dreiundachtzig. Also mußte, selbst wenn ein Paar keine Miete zu zahlen brauchte und sehr einfach lebte, von irgendwoher Geld kommen.

Die Seitenschublade rechts war ebenfalls nicht abgeschlossen. Hier fanden sich die Reste kleiner Dekorationsarbeiten: Aufhänger, Draht und Farbmustertabellen. Und darunter ein Brief, dessen Lektüre Desmond aufspringen ließ.

13

Das Papier war von der glatten weißen Sorte, die es in Blocks zu kaufen gab, der Anschlag der Schreibmaschine unregelmäßig, das Datum der elfte März. Die Unterschrift sprang Desmond geradezu ins Gesicht. Der Brief war an beide Blakes adressiert und lautete: Tut mir leid, daß wir uns nicht früher gemeldet haben, aber Ihr wißt ja, wie das ist. Ich habe eine Art Job auf einem Ferienhof, der Freunden von Naomi bei Tucson gehört; aber es ist eine ungemütliche Sache, und wir hauen morgen ab nach Denver. Das Klima hier könnte nicht besser sein, und ich hab' mich in meinem ganzen Leben noch nie so wohl gefühlt. Hoffentlich genießt Ihr das gute Leben! Was macht Deine Arbeit und Paulas Buch? Naomi schickt herzliche Grüße, und wir wünschen uns beide, daß Ihr kommt und uns besucht, wenn wir was Passendes gefunden haben. Euer Philipp.

Moran suchte weiter, aber der Umschlag war offensichtlich weggeworfen worden, wohl weil er keinen Absender gehabt hatte. Wenn überhaupt je ein Umschlag existiert hatte.

Ein rascher Blick auf die Uhr ließ ihn eilig das Wohnzimmer verlassen. Jetzt ungefähr, in ihrer Mittagspause, würde Hazel Craig im *Sands Hotel* anrufen, sich als Welles Rolands Sekretärin ausgeben und den Blakes die Nachricht hinterlassen, daß Roland in seinem Wagen auf der Fahrt erkrankt nach New York zurückgekehrt sei und nun zur Beobachtung in einem Krankenhaus liege. Es war damit zu rechnen, daß die Blakes trotz der verlockenden Nähe von Cocktails und Mittagessen sofort nach Hause zurückkommen würden. Moran öffnete die andere Tür in der kleinen Halle. Die Tapeten dieses Zimmers zeigten grüne und goldene Blumengirlanden in gedämpften Tönen. Es war für Paula Blakes Zwecke eingerichtet worden. Die einzigen Überbleibsel aus der Zeit, in der es wohl als Empfangszimmer gedient hatte, schienen ein geflochtener Teppich, der nur noch schwache Spuren von Farbe aufwies, und ein in Mahagoni gerahmter Spiegel. Es gab ein langes, niedriges Bücherregal, einen büromäßig aussehenden Schreibtisch mit geradem Stuhl und in einer Ecke eine zusammengerollte Matte.

Die nicht zugedeckte Schreibmaschine war leer; der Aschenbecher daneben enthielt eine einzige Kippe. Er öffnete eine Schublade, spannte einen Bogen Papier ein und tippte: Liebe Paula, lieber Emmett. Wie erwartet, war es eine andere Type als die in

dem mit »Philipp« unterzeichneten Brief.
Methodisch durchsuchte er die übrigen Schubladen. Trotz der Möglichkeit, hier ungestört zu arbeiten, machte Paula Blake keine großen Fortschritte mit ihrem Buch: Die achtundvierzig gelben Manuskriptseiten in einem Aktenordner vergilbten an den Ecken schon. Sie war auch nicht so tüchtig, wie ihre Stimme und ihr herausfordernder Blick anzudeuten schienen: In der Mittelschublade hatte sie lange nicht mehr Ordnung gemacht und nicht einmal Briefe weggeworfen, die sie schon von Boston mitgebracht haben mußte.
Obwohl ihm seine Armbanduhr verriet, daß die Sekunden nur so verflogen, prägte er sich den Anblick der geöffneten Schublade genau ein, ehe er einen der Briefe herausnahm. Er begann mit »Liebe Paula« und war mit »Susan« unterschrieben.
Susan McGrath – er machte sich bewußt, daß Paula Blakes Schwester, die ablehnte zu fliegen, Lydia Peels Freundin mit der Galerie und dem diebischen Verehrer war – hatte die Angewohnheit, ihre Briefe nur mit dem Wochentag zu datieren, aber schon ein rasches Durchblättern ergab annähernd passende Zeiten.
Der Brief, den er in Händen hielt, kündigte Lydias Ankunft mit dem Spiegel an: »Ich habe Dir schon früher von ihr geschrieben – Du wirst sie mögen«. Im nächsten, den er unter einem aus einer Zeitung herausgerissenen Rezept und einem Päckchen gebrauchter Brillentücher herausfischte, berichtete Susan, sie habe Badeanzüge anprobiert und das veranlasse sie nun, mit einer Fastenkur zu beginnen: »Du weißt doch, wie Dein ganzes Leben vor Dir vorüberzieht, wenn Du vor einem dreiteiligen Spiegel stehst.« Er schob diesen Brief wieder zurück und fand in einem dritten eine Schilderung des Erntedankfestes. Susan hatte es mit der Aufnahme eines herrenlosen Hundes gefeiert, von dem sie schrieb, er sähe wie ein entflohener Schnurrbart aus.
Alle Briefe befaßten sich mit einer Vielfalt von Themen – dem Wetter, den Erfolgen ihrer Diät, Büchern, die sie las und Paula empfahl, Geschichten aus der Galerie, Andeutungen von einem Mann namens Miles Marsh, der später nur noch Miles hieß, gelegentlichen Familienerinnerungen. »Weißt Du noch, wie uns Tante Kitty so widerliche Eintöpfe vorgesetzt und gesagt hat: ›Es kommt doch alles in den gleichen Magen?‹« Er fand einen letzten Brief, halb in den Seiten eines leeren Notizbuchs steckend und zerdrückt von einer kleinen weißen Plastikflasche, die ihm ir-

gendwie seltsam bekannt vorkam.
Hier wurde Weihnachten behandelt. Susan schrieb begeistert von Paulas Geschenk, worüber aber nichts Näheres zu lesen war. Im Bewußtsein der verstreichenden Minuten hatte er hastig nur einzelne Sätze gelesen, war zu einem brillanten Schlußsatz gekommen, nahm sich aber nicht mehr die Zeit, ihn voll aufzunehmen, weil er deutlich von ferne den Motor eines Wagens hörte.
Er erstarrte und beobachtete den Fahrweg bis zu der Kurve, nach der ihn der niedrige, flache Hügel verdeckte. Waren die Blakes mißtrauisch geworden, hatten *Sands Hotel* von unterwegs angerufen und die Nachricht vorzeitig erhalten? Nach dem abklingenden Motorengeräusch zu schließen, war es ein Wagen, der am Grundstück vorbeifuhr, aber er nahm es als Omen und rannte nach oben.
Was früher ein Gästezimmer links des winzigen Geländers gewesen sein mochte, hatte man nun als Studio eingerichtet. Ein mit einer Baumwolldecke zugedecktes Bett stand unter der Dachschräge, und auf einem niedrigen Kasten mit Schubläden unter dem Nordfenster sah er ein Sortiment von Pinseln in einer Kaffeetasse, ausgedrückte Farbtuben, einen Lappen voller Farbflecken, eine stark verschmierte Palette. Er berührte sie vorsichtig mit einem Finger. Etwas klebrige Farbe blieb haften.
»Simon Wister war sehr stolz darauf, daß sein Vetter ein Künstler ist«, hatte Mrs. Chilton bei einer ihrer seltenen Bemerkungen über Emmett Blake gesagt, »obwohl er Angst hatte, daß er abstrakt malen könnte.«
Er verschwendete keine Zeit auf die sechs oder sieben, mit der bemalten Seite zur Wand gelehnten Bilder – Lydia Peel hatte eines gesehen und bewundert, was nichts bewies – und blickte nur beiläufig zu der hölzernen Staffelei mit einer frisch aufgespannten Leinwand, die eine einzige geschwungene Linie in Kobaltblau zeigte. Es sollte offensichtlich ein Stilleben werden; ein Tonkrug derselben Farbe und ein angeschnittener Edamer Käse auf einer weißen Platte waren auf einem nahestehenden Tisch arrangiert. Der Käse sah sehr hart aus und war es auch.
Von der Stelle aus, an der Blake beim Malen stehen mußte, blickte Moran direkt auf den umgegrabenen Erdfleck an der Mauer im Garten. Mrs. Chiltons Werk mit der berühmten Schaufel? Aus einer Reihe von Gründen glaubte er das nicht. Er bezweifelte, daß sie sich den amüsierten Blicken der Blakes so

weit ausgesetzt hätte, selbst wenn ihr gestattet worden wäre, unter dem Fenster zu graben, hinter dem Blake arbeitete. Es schien ein selbst für den passioniertesten Amateur unwahrscheinlicher Platz, und jetzt, im März, wäre der Boden für eine Frau in ihren Jahren auch zu hart zum Graben gewesen.
Er verließ das Studio – kein Aschenbecher unter dem Kram auf der Kommode, hatte er festgestellt –, kreuzte den Treppenabsatz und stieß die nur angelehnte Schlafzimmertür auf. Und da war Paula Blake und lächelte ihn ein wenig spöttisch an, als ob sie das Kunststück fertiggebracht hätte, die glatte Hauswand hinaufzulaufen.

Es war zwölf Uhr mittags, eine einigermaßen anständige Zeit für die stärkende Bloody Mary, die sie sich versprochen hatte, als Lydia entdeckte, daß die Treppe, die vom Keller ins Eßzimmer führte, doch noch benutzt wurde.
Sie fand es besonders scheußlich, nach einem in der Gesellschaft von zwei Siebzigjährigen verbrachten Abend mit einem Kater aufzuwachen. Getreu ihrer Lebensart, waren Tante Lilian und Onkel Frank bis nach Mitternacht aufgeblieben und hatten keine Wirkung erkennen lassen, während der Spiegel in der Flasche mit dem alten irischen Whisky immer tiefer sank. Um elf Uhr hatte Onkel Frank beziehungsvoll gesagt: »Macht deine Tante eigentlich immer noch so wundervolle Käsetoasts? Erinnerst du dich, Lilian?« und beide hatten ihre Gläser in würdevoller Haltung ausgetrunken und Lydia erwartungsvoll angesehen.
Die Käsetoasts hatten ihren Durst erneuert. Lydia sah sich schließlich gezwungen, ihre Schuhe auszuziehen und mit den Zehen zu spielen, um sie auf ihre Müdigkeit aufmerksam zu machen; sie wünschte nur, sie hätte auch eine Krawatte zu lockern gehabt und ein Hemd zum Aufknöpfen. »Ich glaube, Lydia ist müde«, bemerkte Tante Lilian eine halbe Stunde später, und sie verabschiedeten sich endlich.
Aber die Nacht war weitergegangen wie ein schlecht angefangener Tag. Irgendwann war Lydia durch einen kleinen, scharfen Krach aus dem Schlaf gerissen worden, den ihre Erinnerung mit dem Elternschlafzimmer der Donahues verband, von dem sie durch das Bad getrennt war. Trotz ihrer Übermüdung war sie aufgestanden, weil es immerhin etwas Gefährliches sein konnte, und hatte festgestellt, daß der Wecker auf einem Nachttischchen, gegen das sie bei einer ihrer besorgten Expeditionen zum

Schrank mit den Hochzeitsgeschenken gestoßen sein mußte, auf den Boden gefallen war. Eine genauere Inspektion verriet ihr, daß die Zeiger auch weiterhin auf drei Uhr dreißig stehen würden.

Um neun Uhr, nach dem Zähneputzen, fühlte sie sich immer noch wie eine wandelnde Zigarre; sie wusch sich ihr Haar unter der Dusche, schluckte zwei Aspirintabletten, trank eine Tasse Kaffee – Onkel Frank und Tante Lilian, dessen war sie sicher, waren bestimmt übermütig aus dem Bett gesprungen und hatten gewaltig gefrühstückt – und überprüfte das Wohnzimmer. Auf dem Weg ins Bett hatte sie sich nur damit aufgehalten, Onkel Franks Aschenbecher mit dem widerlichen Häufchen Zigarrenstummeln fortzuräumen, und obwohl die Unordnung hauptsächlich aus Gläsern, Tellern und Servietten bestand, konnte sie in ihrem derzeitigen Zustand doch nur an einen Augiasstall denken.

Es war kein Morgen, um etwas mit Lust in Angriff zu nehmen; es war ein Morgen, um auf Zehenspitzen in die Küche zu gehen, so daß der schmerzende Kopf nicht merkte, was die Füße taten. Staubzusaugen war im Augenblick undenkbar. Als sie die Küche aufgeräumt hatte, spürte sie überrascht, daß sie Lust auf ein gekochtes Ei und eine zweite Tasse Kaffee hatte und sogar eine leise Bewunderung für die Graces empfand, die inzwischen wohlbehalten auf dem Rückweg nach New Jersey sein mußten.

In weniger als vierundzwanzig Stunden würde sie selbst auf dem Heimweg nach New Mexico sein. Eine bevorstehende Reise versetzte sie gewöhnlich im Geist bereits an den Bestimmungsort; diesmal war es anders, ein wenig so, als ob sie ein schwer verständliches, an manchen Stellen unheimliches Buch, dessen Schluß sie nie erfahren würde, seinem Besitzer zurückgeben mußte:

Wird Candida Blackwood die Vormundschaft über ihren seltsamen Sohn Harry bekommen und ein dauerhaftes Glück mit Jones Haviland, dem Gesellschaftsmaler, finden?

Wird Desmond Moran, der Journalist, Geheimnisse um Paula und Emmett Blake entdecken?

Wer tötete Mrs. Chilton?

Die Wahrheit sprang sie so erschreckend an wie eine Spinne aus einer kaum benutzten Schublade, wie etwas, dessen Vorhandensein sie vermutete, das sie aber nicht hatte herauslocken wollen. Deshalb hatte sie Harry ausgefragt, über die frisch umgegrabene Erde hinter dem Haus der Blakes nachgedacht, Morans knapper Feststellung gestern abend nicht geglaubt und ihre Angstträume geträumt!

Mrs. Chilton, lebendiger als viele Leute, die nur halb so alt gewesen waren wie sie, hatte man in einen schrecklichen Tod geschickt. Sie mußte, ehe sie starb, ein Gesicht über sich erblickt haben. Das von Emmett, das sie an seinen weit zurückliegenden Besuch bei seinem Vetter erinnerte? Oder Paula, ruhig und sachlich, mit der Miene eines Menschen, der ein nutzloses Tier beseitigt? War es Jones Haviland gewesen, bärtig, helläugig, bedauernd: »Zu schade, ich habe sie eigentlich gern gemocht.« Oder sogar: »Leg dich hin, Mutter, leg dich hin . . .«

Das waren Gedanken, die verjagt werden mußten; es war, als ob die Spinne begonnen hätte, auf winzigen haarigen Beinen unter ihrem Kragen herumzuwandern. Lydia sprang auf die Füße, beachtete den Stich in ihrem Kopf nicht, holte den Staubsauger und saugte erst den Wohnzimmerteppich und dann den älteren, dünneren, chinesischen im Eßzimmer. Sie stellte den Staubsauger weg, hatte das Gefühl, ein wildgewordenes Untier eingefangen zu haben, und staubte ab. Dabei stieß sie gegen den Riegel der eingebauten Tür, und die Tür schwang langsam auf.

Die schwarzen schmiedeeisernen Klinken des Hauses hatten früher zahllose blaue Flecken und zerrissene Taschen verursacht und Flüche ausgelöst. Die Treppe andererseits war für Lydia und ihre Kusinen ein unbezahlbarer Fluchtweg vor unwillkommenen Besuchern gewesen. In einer dramatischen Sommernacht war Elizabeth sie hinuntergefallen, als sie sich von einer Fledermaus durch Schlafzimmer und Küche verfolgt glaubte.

Lydia sah automatisch auf die kuchenstückförmigen Stufen der Wendeltreppe; irgend jemand mußte dem inneren Schloß erst kürzlich ein Opfer gebracht haben: ein eingerolltes cremefarbenes Stück Schärpe, frisch und ohne Staub, lag auf dem Boden. Es war vom Kleid oder Morgenrock einer Frau abgerissen, wahrscheinlich bei einer der Zusammenkünfte vor der Hochzeit, denn das durch ein kleines Fenster gefilterte Licht spiegelte sich in zwei einsamen Cocktailgläsern oben auf der Treppe. Von jemand, dem man diesen Teil des Hauses gezeigt hatte, oder von einem Ungestörtheit suchenden Pärchen?

Ein guter Mensch, sagte sich Lydia, würde hingehen, die Gläser holen und sie spülen. Zu schade, daß kein guter Mensch zugegen war. Sie hängte den Schärpenfetzen über die Klinke auf der Eßzimmerseite, weil ihn vielleicht jemand suchen würde, und schloß die Tür vor der Welle kalter Luft, die . . .

Nein, es gab eine normale Erklärung. Nach der Hochzeit und der Abreise von Traceys älteren Schwestern hatte man in diesem Treppenteil die Heizung abgestellt. Die merkwürdige Kälte in der vergangenen Nacht in der Küche war durch den Luftzug entstanden, als die Graces, die ihre Kräfte für andere Zwecke sparten, allzu gemütlich über die Haustürschwelle getreten waren. Trotzdem, Lydia stellte das Tablett abrupt ab und ging hinauf in das Elternschlafzimmer der Donahues.

Der Schrank mit den Geschenken wäre einen Einbruch wert gewesen, so viel Silber, Kristall und Leinen – einschließlich der von ihr geschenkten, mit Silber verzierten alten Cocktailgläser aus Mexico. Aber das Schloß war unberührt.

Sie konnte sich nicht erinnern, an irgend etwas im Zimmer gestoßen zu sein; aber sie hatte oft kleinere Schnittwunden oder einen blauen Fleck, ohne später zu wissen, bei welcher Gelegenheit sie entstanden waren. Jedenfalls schien es unvorstellbar, daß wirklich ein Einbrecher, der über die Hochzeit gelesen und das Haus beobachtet hatte, eingedrungen und die Treppe hinaufgeschlichen war; daß er nach dem Schrank gesucht hatte, in der Eile gegen den Wecker gestoßen und einfach wieder verschwunden war.

Lydia kam die andere Möglichkeit gar nicht in den Sinn: was sie getan hätte, wenn der Schrank tatsächlich aufgebrochen worden wäre. Die erschreckende Erkenntnis, daß Mrs. Chilton ermordet worden war, stand für sie in keiner Verbindung mit jemanden, der in wenigen Stunden für die Reise nach Santa Fé packen würde. Und als sie den cremefarbenen Schärpefetzen aufgehoben hatte, hatte sie ihn nicht auf seine Reißfestigkeit geprüft. Nichts deutete auf einen Plan hin, den jemand nicht hatte ausführen können. Sie empfand kein Gefühl der Vorwarnung.

14

Die Erkenntnis dessen, was er wirklich sah, traf ihn den Bruchteil einer Sekunde zu spät, um die schockartige Reaktion seines Blutes zu verhindern. Er war wie angewurzelt in der Tür stehen-

geblieben; jetzt wagte er, wie ein Mann, der erleichtert feststellt, daß er nur eine hervorragend nachgemachte Gummischlange vor sich hat, einen Schritt vorwärts, um genauer hinzusehen.
Im Supermarkt, wo er sich bei der aufgeschnappten Bemerkung über Mrs. Chilton nach ihr umgedreht hatte, hatte sich Paula Blakes Gesicht so exakt in seine Erinnerung eingepaßt wie ein Foto in seinen Rahmen. Inzwischen war der Eindruck nicht verblaßt. Kein Wunder, daß er sich an eine Vorstellung nicht erinnern konnte. Kein Wunder, daß sich Fidge Duffy an keine Frau, die mit Nicholson in jener Nacht in New Orleans zusammen gewesen war, hatte erinnern können; er war in einer anderen Ecke des Hotelzimmers gesessen und hatte das Foto nicht gesehen.
Wenn man die allgemeine verschwommene Erinnerung an jenen Abend berücksichtigt, war der Irrtum verzeihlich. Das Foto – von der Unmittelbarkeit der Pose und dem, was in dem Lächeln lag, schloß Desmond eher auf die vergrößerte Nahaufnahme eines besonders geschickten oder begabten Amateurs, als auf eine Studioaufnahme – war das Lebendigste, was er je gesehen hatte. Es lag eine solche Ausdruckskraft in ihm, daß man glauben konnte, das Glas würde jeden Augenblick von innen beschlagen. Ein Zusammentreffen von Licht und Film und Drucktechnik, sagte sich Moran, aber der Schreck löste sich nur langsam.
Wenn eine Widmung darauf stünde, wie hätte sie gelautet?
Er sah sich im Zimmer um und blickte auf eine offensichtlich von Paula Blake benutzte Kommode, aber da stand kein Gegenstück, kein Foto ihres Mannes. Dabei fiel ihm ein, daß er im ganzen Haus überhaupt kein einziges Foto gesehen hatte. Natürlich, es gab Leute – er selbst gehörte auch zu ihnen –, die die Dekoration von Kaminsimsen und Kommoden mit Gesichtern von Familienmitgliedern als Einmischung in das Privatleben eines Menschen betrachteten, aber er hatte doch erwartet, irgendwo ein Foto von Paulas Schwester in Santa Fé zu finden, und bestimmt das eines jüngeren Emmett Blake, den Simon Wister zu seinem Erben hatte machen wollen. Wenn nicht Blake aus Bescheidenheit . . . Er verschwendete nur einen kurzen Gedanken darauf und verwarf die Möglichkeit sofort.
Ein flüchtiger Blick in die oberste Schublade der Wäschekommode enthüllte Blake als einen so ordentlichen Burschen, daß ein verrutschtes Taschentuch unter einem säuberlich gefalteten Stapel sofort auffiel. Es war kein Taschentuch. Es war der Rand

eines von vier Fotos von Paula Blake, ohne Brille, wie auf der gerahmten Fotografie. Er grübelte darüber nach und erinnerte sich, daß sie im Supermarkt die Brille in der Hand geschwungen hatte. Wieder blickte er auf die Fotos.
Es waren vier verschiedene Momentaufnahmen, aber alle vor dem selben Hintergrund: der Haustür samt dem Messingklopfer in einfacher Ringform. Sie stand im vollen Sonnenlicht und war, obwohl »Februar« am Rand stand, nicht für einen so kalten Monat gekleidet: Sie trug nämlich nur lange Hosen und einen cremefarbenen losen Pullover. Sie muß elend gefroren haben bei einer Temperatur unter null Grad.
Und plötzlich, ohne jeden Zweifel, sogar ohne auf die Uhr zu sehen, wußte er, daß es Zeit war zu verschwinden, und zwar schnell. Er steckte eines der Fotos ein, schob die anderen wieder zurück zwischen die Taschentücher. Am Fuß der Treppe vergewisserte er sich, daß er das verknüllte Blatt, das er zum Schriftvergleich getippt hatte, auch mitgenommen hatte, trat ins Freie und schloß sorgfältig die Haustür ab. Sein Rücken prickelte während der ganzen Zeit, als ob jemand hinter ihm einen Speer wurfbereit hielt.
Er hatte sein Fernglas unter den Hickorybäumen auf dem Hügel gelassen. Keuchend, mit wieder schmerzender Schulter und schmerzendem Schlüsselbein, bückte er sich danach und suchte erneut damit das Grundstück ab. Sein Blick glitt über den merkwürdig glatten umgegrabenen Bodenfleck zu dem Hügel, der die Kurve der Fahrstraße verdeckte. Auf dem sanften Hügel sprang ihm langes, grobes Gras in die Augen, überraschend scharf und klar, und dahinter der längliche Rand eines Schattens.
Das war keine Bodenwelle. Er blickte auf eine Ausgrabung – sicher keine Abfallgrube, die man wohl kaum auf einem Hügel anlegen würde, es war etwas mit regelmäßigen Ausmaßen.
Der Hügel war ein natürlicher Platz für ein Haus, oder, früher vielleicht, für eine Hütte.
War das Harrys *Loch*? Candida hatte so davon gesprochen, als liege es nicht auf dem Besitz der Blakes. Im Hinblick auf ihre deutliche Ungeduld und ihr Mißvergnügen konnte man sich gut vorstellen, daß Mrs. Chilton sie gern bei dieser Annahme gelassen hatte.
Er setzte das Fernglas hastig ab, weil der Kühler des Austin, der um die Kurve kam, ihm ins Gesicht zu springen schien. Automa-

tisch war er unter die Bäume zurückgetreten; plötzlich fiel ihm etwas ein, das Candida am vergangenen Abend gesagt hatte, und er eilte die andere Hügelseite hinunter, in Richtung seiner Wohnung.

»Ich finde es ganz und gar nicht lustig, für nichts und wieder nichts nach Norwalk und zurück zu fahren«, sagte Paula säuerlich, als sie ins Haus traten. »Mach uns einen Drink, während ich mich umziehe, ja? Und sei nicht zu sparsam mit dem Whisky!«
Das Kleid war zwar nicht schwarz, aber das förmlichste, das sie besaß: graue Wolle mit einem großen weißen Kragen, der sich wie eine Tulpe um ihren Hals wölbte. Ihr Anblick würde dem Auge eines gebrechlichen alten Freundes der Familie wohlgetan haben, hätte ein solcher existiert. Paula ging zur Treppe, faßte mit der Hand nach rückwärts an den Reißverschluß, änderte ihre Absicht und öffnete mit größter Behutsamkeit die Tür zu ihrem Arbeitszimmer, gerade weit genug, um hindurchschlüpfen zu können. Nach einem einzigen Blick rief sie scharf: »Emmett!«
Als sie in das Haus eingezogen waren, schien es ihnen klug, immer feststellen zu können, ob es jemand während ihrer Abwesenheit betreten hatte. Aus dem Zehenteil eines Nylonstrumpfes hatte sie einen nahezu gewichtslosen kleinen Ball gefertigt, den sie auf den honigfarbenen Dielenbrettern fast unsichtbar direkt hinter die Tür legte, bevor sie sie schloß.
Jetzt starrten sie beide auf den Nylonball, der ein gutes Stück von seinem Platz entfernt am Ende einer natürlichen Bogenlinie auf dem Teppich lag. Emmett fragte nach einer kurzen Pause: »Bist du *sicher*, daß du . . .« und Paula sagte: »Absolut. Man weiß nie im voraus, wie lange so ein Mittagessen dauert, und irgend etwas hat mir gesagt, daß es ganz gut wäre.«
Sie sahen sich mit jenem verschwörerischen Schweigen an, das so vielen ihrer Äußerungen folgte. »Ich glaube«, sagte Emmett, »wir sollten uns besser gut umsehen.«

Warum hatte Philipp Nicholson ein Foto der Frau seines Freundes besessen und es mit sich herumgetragen? überlegte Moran.
Er vermutete, daß Paula Blake von dieser Tatsache nichts wußte. Seine Frage nach New Orleans, damals in der Bibliothek, hatte sie überhaupt nicht berührt, weil sie nie in New Orleans gewesen war und von dem Foto, das Nicholson besaß, nichts wußte.

Emmett Blake neben ihr hatte ebenfalls überhaupt nicht reagiert, hatte nicht das leiseste Interesse an einer, von einem völlig Fremden gestellten Frage gezeigt.
Und wie stand es mit Blake?
Die Krankenschwester in Wrexley hatte erzählt, daß Philipp Nicholson während seiner Lungenentzündung und der negativen Reaktion auf die Antibiotika stark an Gewicht verloren hatte. Der hellhaarige Blake war für seine Größe mager; doch Moran fühlte nicht den leisesten Schimmer einer Erinnerung in sich aufsteigen; seine tatsächlichen Erinnerungen an Nicholson waren vage, seine Konzentration auf Paula Blake aber so messerscharf, daß alles andere daneben verschwamm.
Eines hob sich klar aus dem wirren Bild heraus: Der letzte Satz in Susan McGrath vorweihnachtlichem Brief an ihre Schwester. »Ich weiß nicht, ob es Dir auch so geht, aber für mich waren die Dividendenschecks dieses Jahr eine absolute Wohltat.«
Einfach die Dividendenschecks, keine weitere Erklärung schien zwischen den beiden erforderlich. Der zwingende Schluß war der, daß auch Paula Blake Dividendenschecks erhielt – aus irgendeinem Treuhandvermögen? Woher immer das Geld kam, es konnte das kaum angegriffene Bankkonto erklären.
Noch einen anderen Aspekt galt es nachzuprüfen, im wörtlichen Sinn und sobald wie möglich. Moran wählte Candidas Nummer, überlegte, wie gut es war, daß sie ihn nicht hatte den Hügel herunterkommen sehen, und sagte nach ihrer offensichtlich enttäuscht klingenden Reaktion: »Wenn Sie immer noch vorhaben, später am Tag abzureisen, kann ich Ihnen dann irgendwelche Besorgungen abnehmen? Vielleicht – Sie müssen doch alle Hände voll zu tun haben – könnte ich Harry auf eine Spazierfahrt mitnehmen oder so etwas?«
»Also wirklich, das wäre sehr nett«, sagte Candida nach ein paar Sekunden verständlicher Verwunderung. »Eine Minute, ich frage ihn mal.« Der Hörer wurde hingelegt, und er hörte Wortfetzen, wie: »Mr. Moran . . .Liebling, du weißt doch, daß er keine Katze hat . . . wir waren ja gestern dort . . . Kurz und gut, Mami will es.« Entschlossen sagte sie dann zu Moran: »Das täte er sehr gern.« Dann, ein bißchen gewollt schelmisch: »Hatten Sie gestern Glück beim Vögelbeobachten? Das waren doch Sie auf dem Hügel, nicht wahr?«
»Ja. Ich sah einen sehr schönen Nußhäher«, antwortete Moran. »Wie wäre es, wenn ich gleich hinüberkäme?«

Weil er nicht hoffen konnte, daß die Blakes ihr Haus heute noch einmal verlassen würden, nach einem enttäuschten Autoausflug, der sie verärgert, wenn nicht sogar mißtrauisch gemacht hatte, waren sie jetzt wahrscheinlich mit dem Mittagessen beschäftigt. Mit Candidas Abreise zu den zweifellos nicht echten, schützenden Freunden in Boston, konnte das seine letzte Chance mit Harry sein, der, obwohl er noch sehr klein war, doch in der Lage sein mußte, ohne Schwierigkeiten sein Loch wiederzufinden.
Wie bei einem Bildrätsel aus Punkten, deren Verbindungslinien ein Muster ergeben, zog er im Geist eine Linie von der Schaufel über die Grabstelle bis zu Mrs. Chiltons Tod, nur Stunden nach ihrem Besuch bei den Blakes. Weiter ging er nicht, aus Furcht, ein zu klares Bild zu erhalten.

Kinder mögen es in der Regel nicht, wenn man sie täuschen will, und Harry machte da lediglich im Ausmaß seiner Ablehnung einen Unterschied. Sein blumenhaftes Gesichtchen war wie aus Stein, seine Begrüßung ein gemessenes: »Sie sollten sich die Hände waschen.«
»Liebling, das ist nicht nett«, sagte Candida ohne Wärme; aber Moran, der auf einen kleinen Fleck Kobaltblau von Emmett Blakes Palette an seinem rechten Zeigefinger blickte, fühlte tiefe Dankbarkeit. »Er hat recht«, sagte er, und dann, weil Candidas Blick aufmerksam geworden war: »Ausbesserungsfarbe für den Wagen – irgend jemand hat mir auf einem Parkplatz die Tür zerkratzt.«
Harry, so hilfsbereit wie eine Schaufensterpuppe, gestattete es, daß man seine Arme durch die Ärmel seines Mantels schob. Candida, die mit den Knöpfen beschäftigt war, sagte mit hochgezogenen Augenbrauen: »Sie sind aber sehr genau mit einem Leihwagen«, und Moran meinte einfach und eine weitere Frage ausschließend: »Ich tue mein Möglichstes.«
Zwei Minuten später war er mit Harry draußen im Wagen. Zwei Minuten und fünfzehn Sekunden später hatte Harry, der halb auf dem Sitz lag und mit dem ausgestreckten Bein um sich stieß, entdeckt, daß er den Deckel des Handschuhfachs klappernd herunterfallen, wieder zuschnappen und den Prozeß wiederholen konnte. Moran ertrug dies schweigend, da es geboten schien, Harry nachsichtig zu behandeln, bis seine Mission erfüllt war; aber er überlegte, welche privaten Pläne er gestört haben

konnte. Harrys Stärke war der prüfende, durchdringende Blick.
»Fahren wir zu Daddy?« fragte Harry in seinen Mantelkragen hinein.
Moran sah ihn erschrocken an. Während ihrer kurzen Bekanntschaft schien ihm, Harry habe es ganz natürlich gefunden, daß sein Vater aus seinem Leben verschwunden war. »Nun, nein«, sagte er, »hättest du es gern getan?«
»Nein«, sagte Harry unzweideutig.
So weit, so gut. Moran ließ ein paar Augenblicke verstreichen, ehe er bemerkte: »Ich glaube, ich habe einen guten Grabeplatz gefunden, wenn du deine Schaufel holst.«
Harry setzte sich kerzengerade. »Mami hat nein gesagt«, erklärte er und verschränkte abwehrend seine Arme.
Candida würde nicht erfreut sein, wenn Harry ihr von dieser Expedition berichtete, aber er bedauerte es nicht, weil das, was bisher Vermutung war, sich bei ihm langsam zur Überzeugung erhärtete. Mrs. Chiltons Anfälle von Begeisterung für irgendwelche Dinge waren – solange sie dauerten – ausschließlich gewesen, und trotz ihrer Höflichkeit hatte sie ein gutes Maß an Eigensinn besessen. Wenn die Kälte der Blakes ihr gegenüber von der Entschlossenheit kam, sie nicht auf ihrem Grundstück graben zu lassen, könnte sie das – in dem Gefühl, daß ihre lange Freundschaft mit Simon Wister sie dazu berechtigte – nur noch mehr angespornt haben. Bestimmt hatte sie ihr Projekt nicht einfach fallengelassen.
Seine Haut prickelte, und der Kopf tat ihm weh – ein Vermächtnis der grippekranken Schwester in Wrexley? Er sagte zu Harry: »Es kann nichts schaden, mal hinzuschauen«, und steuerte den Wagen zum Grenzstreifen gegenüber dem hinter Fliederbüschen verborgenen Fahrweg der Blakes.
Hier traf er auf ein unvorhergesehenes Hindernis; Harry wollte nicht aussteigen. Er hatte gemerkt, daß dieser Platz von besonderem Interesse für Moran war. Nun zog er die Knie an, ließ die Schultern hängen und sagte kläglich, daß ihm kalt sei und er sich nicht wohlfühle. Wo fühlte er sich nicht wohl? Überall. Moran, bei dem diese Antwort von Nichten und Neffen, die in Notfällen nicht zum Arzt gehen wollten, eine vertraute Saite anschlug, öffnete die Tür und sagte: »Harry! Raus!«
Harry musterte ihn kurz und kletterte dann würdevoll aus dem Wagen. Auf dem Fahrweg passierten sie ein Beet mit Spargel,

dessen dicke helle Köpfe herauszukommen begannen, und gingen dann den Hügel hinauf. Von hieraus waren nur die oberen Fenster des Hauses der Blakes sichtbar – und das eingesunkene rechteckige Stück Boden erwies sich, nachdem Moran ein paar Schritte weiter gegangen war, unmißverständlich als ein altes Fundament. Dürre Zweige lagen auf halbverbrannten Brettern, zerfallene Ziegel, allerlei anderer Schutt, und alles sah verhältnismäßig frisch aus. Wenn sie nicht tippten oder malten, räumten die Blakes wohl ihren Besitz auf.
Hatte Mrs. Chilton den Platz so gesehen, als sie sich die Schaufel zulegte? Und was hatte sie zu finden gehofft, wenn sie in der Erde herumstocherte – altes Glas? Pfeilspitzen? Sie würde Harry doch bestimmt nicht hergebracht haben, wenn sie etwas anderes vermutet hätte. Er sagte beiläufig: »Na, was hältst du davon?« und Harry antwortete verächtlich: »Es ist bloß ein altes Loch. Großmutter hat es mir gezeigt.«
Um ihre Tochter von der Spur abzubringen? Moran, der das Gefühl hatte, daß es im Grunde verächtlich war, ein Kind unter diesen Umständen auszufragen, fuhr trotzdem damit fort: »War das ganze Zeug schon hier, als du und deine Groß–« Das Wort blieb ihm im Mund stecken.
Der Austin war leise und ohne Warnung um die Kurve unterhalb des Platzes gekommen. Die Handbremse knirschte hörbar, Paula Blake stieg aus und kam den Hügel herauf. Die Sonne spiegelte sich in ihrer Brille, und sie sagte steif: »Dies ist Privatgrund; wenn Sie also bitte – oh. Ich hab' Sie doch schon mal getroffen, nicht wahr?«
»Desmond Moran – ja, in der Bibliothek, Mrs. Blake. Wie geht es Ihnen?« Sein Herz hatte rascher zu schlagen begonnen. »Das ist Harry Blackwood, der«, er trat näher zu ihr und blickte sie verschwörerisch an, »der glaubt, er habe einen Silberdollar verloren, den ihm Mr. Wister mal hier gegeben hat. Er reist heute mit seiner Mutter ab, deshalb sagte ich ihm, wir wollten es wenigstens versuchen, auch wenn –«
»Habe ich nicht!« sagte Harry hinter ihm.
Gott segne sein kleines Kieselsteinherz. Moran blickte zum Himmel, ein Mann auf der Suche nach Geduld. »Eine Reaktion auf die Ereignisse, vermutlich«, sagte er noch leiser und in vertraulichem Ton zu Paula Blake. »Sie wissen schon! Sublimiert die ganze Sache, oder macht sie zur Lappalie. Nur natürlich, aber sehr lästig für einen Elternteil, der kurz vor der Abreise steht;

deshalb helfe ich aus.«
Harry wußte genau, wann über ihn gesprochen wurde. Er riß Moran am Ärmel und schrie ärgerlich: »Ich habe das nicht getan, was du behauptest.«
Wenn ich die Zeit habe, bringe ich ihn um, dachte Moran, sagte jetzt nur leicht vorwurfsvoll: »Aber Harry!« Er sah Paula Blake an. »Tut mir leid, ich hätte um Erlaubnis angerufen, wenn Sie ein Telefon hätten.«
Paula Blake sagte nicht: »Das ist völlig in Ordnung«, oder sonst eine verbindliche Phrase. Sie ließ ihren grünen kalten Blick auf Harry ruhen. »Tut mir leid, du könntest deinen Dollar nicht finden, selbst wenn er hier läge, wir haben soviel Zeug verbrannt.«
Harry war so wütend, daß er jeden Moment in Tränen auszubrechen drohte. Doch Moran konnte seine farbverkleckste Hand auch nicht ohne weiteres zu vermittelnden Zwecken aus der Tasche nehmen. Aus der Richtung des Hauses hörte man lautes Pfeifen, wie von einem Teekessel. Paula Blake rief sofort: »Emmett!« und lief ein paar Schritte weg. »Sieh mal auf dem Herd nach, ja? Ich hab' ihn, glaube ich, nicht abgedreht.«
Moran benutzte diese Gelegenheit, Harrys Hand mit der Linken zu ergreifen, sagte guten Tag und entschuldigte sich leichthin für das unbefugte Betreten. Wieder meinte Paula Blake nicht, daß das keine Rolle spiele. Sie sagte nur: »Tut mir leid, Harry«, was ihn beinahe von neuem zum Reden veranlaßt hätte, schenkte beiden ein gewandtes Lächeln und beschäftigte sich, schon in ihrem Wagen, mit dem Anzünden einer Zigarette und der Überprüfung ihres Make-up im Spiegel, so daß sie aus dem Fahrweg waren, ehe sie den Motor anließ. Moran hob im Wegfahren grüßend die Hand.
Während des ganzen Heimwegs lehnte Harry es ab, mit ihm zu sprechen, aber seine Teilnahme war nun nicht länger unbedingt nötig. Moran hatte das Loch gefunden, das mehrere Male, jedesmal wahrscheinlich mit zusätzlicher Füllung, ausgebrannt worden war. Wenn Mrs. Chilton mit ihrer Schaufel und ihrer Entschlossenheit noch am Leben wäre, würde sie genau das tun, was er jetzt tun wollte: Ein bißchen tiefer graben.

15

Lydia hatte den Tank des Volvo füllen, Batterie, Öl und Reifen prüfen lassen – Vorbereitungen, die ihr fast so endgültig schienen wie das Zuschnappen der Kofferschlösser. Sie hatte sich mit dem Tankwart in ein Gespräch über ausländische Wagen verwickelt und dabei festgestellt, daß er nicht erst vierzehn war, wie sie dachte, sondern bereits Eigentümer eines Mercedes-Benz. Es war zwei Uhr vorbei, als sie wieder zu Hause ankam.

Candida rief an: »Lydia!« Aus ihrem Ton ging klar hervor, daß sie weder Abschiedsgrüße noch Dankesworte im Sinn hatte. »Seit einer Stunde versuche ich, dich zu erreichen. Was hast du Desmond Moran über Jones erzählt?«

Lydia war über diese inquisitorische Mißbilligung erstaunt und brauchte erst einen Augenblick, um sich an den Maler zu erinnern. »Überhaupt nichts«, sagte sie kurz. »Wir sind gar nicht auf das Thema zu sprechen gekommen.«

»Also, das ist dann aber *sehr* merkwürdig.« Candidas Stimme klang fast ungläubig. »Desmond ist vor kurzem vorbeigekommen, um Harry auf eine Spazierfahrt mitzunehmen, wie er sagte. Als er gestern abend zu einer Tasse Kaffee hier war, hatte ich ihm erzählt, daß ich heute mit dem Abschließen des Hauses alle Hände voll zu tun hätte – und mir kam es gleich ein bißchen komisch vor, daß er Harry holte, denn er ist wirklich nicht besonders gut im Umgang mit Kindern. Und er hatte Farbe an der Hand. Er erzählte eine lächerliche Geschichte, er habe den Wagen nachlackiert, aber offensichtlich hat er in Jones Studio herumgestöbert.«

Lydia mußte sich erst daran erinnern, daß für Candida die Welt aus einer Serie konzentrischer Kreise bestand, in dessen innerstem sie selbst saß. »Warum um alles in der Welt sollte er das tun? Warum sollte er sich für dich und Jones interessieren?«

Es entstand ein frostiges beherrschtes Schweigen, als ob sie gefragt hätte, warum die Sonne aufgeht. Dann: »*Ich* weiß es nicht, aber jedenfalls ist er von der Zeitung«, sagte Candida, »und ich habe gerade im Hotel angerufen und gehört, daß Harrison noch dort ist.«

Lydia, deren Gedanken in eine völlig andere Richtung gelaufen waren, brachte es trotzdem fertig, eine Reihe von Erklärungen vorzubringen: Harrison könnte ein besonders verlockendes Grundstück in der Stadt entdeckt, sich Hals über Kopf in eines der Zimmermädchen verliebt oder sich ein Bein gebrochen haben. Überraschenderweise nahm Candida alles mit Höflichkeit auf. »Wahrscheinlich hast du recht, und es hat nichts mit dir zu tun. Trotzdem wollte ich dich fragen . . .«

Es war nicht Jones Havilands Studio, in dem Moran herumgestöbert hat, dachte Lydia und legte auf. Es war das von Emmett Blake, zu dem sie ihm gestern abend praktisch Zugang verschafft hatte. Er war mit der Absicht zu Candida gegangen, den Schlüssel zu entwenden, und er war von den Blakes aus hingefahren, um Harry abzuholen – Harry, der so heftig nach der Schaufel seiner Großmutter begehrte.

Wieder hatte sie das Gefühl, etwas in Bewegung gesetzt zu haben, das nicht aufzuhalten war. Wenn sie doch nur niemals mit dem Spiegel angekommen, niemals in Morans Hörweite die Blakes erwähnt hätte . . . Du wirst genau wie Candida, sagte sie zu sich, genauso egozentrisch, und ging zum Strand.

Moran hatte sich mit der schon üblichen, unverbindlichen Vertraulichkeit für heute angemeldet; deshalb hatte sie nach einigem Zögern einen Zettel an der Tür gelassen, mit einer einfachen Nadel befestigt, die sie in einem Aschenbecher gefunden hatte. Weiß auf weiß würde von der Straße aus nicht auffallen und keinen Hinweis auf das leere Haus darstellen.

Der Strand war im weitesten Sinn die Summe von Lydias Kindheit. Sie wollte nicht die beängstigende Feindseligkeit mit heimnehmen, die sie bei ihrem ersten Besuch dort empfunden hatte. Es würde Ebbe sein; aber nachdem die Sonne endlich herausgekommen war, konnte sie den langen felsigen Arm fotografieren, der die halbmondförmige Bucht umschloß, das alte Badehaus, die erinnerungsvollen Flöße.

Heute waren keine Leute da, die Hunde spazierenführten oder Treibholz sammelten. Sie hatte den Strand für sich allein. Sie parkte den Wagen in der Nähe des Badehauses und ging einen langen Plankensteg hinab, der bei Flut im Wasser verschwand, jetzt aber von unten her nach Sand roch, nach Muscheln, verrottendem Tang und allerlei Gewächs, das mit der Ebbe nicht fortgeschwemmt worden war. Ein paar Seemöwen erhoben sich schreiend, als sie näherkam, schwebten wieder herab und nahmen ihre emsige Nahrungssuche von neuem auf.

Lydia verknipste den Rest ihres Films, wandte sich mit der Kamera um und hob auf einmal horchend den Kopf. Eine Möwe oder ein anderer Vogel, oder auch eine Katze, war anscheinend

im Badehaus gefangen; trotz des Windes konnte sie angstvolle miauende Schreie hören. Sie ging den Steg zurück, und die Töne wurden lauter. Plötzlich und erschreckend kam ihr der Gedanke an ein neugeborenes Kind: Leute, die Babys in Mülltonnen warfen, würden wohl kaum zögern, sie in einem Badehaus auszusetzen. Lydia spürte weiter keinen Drang nachzuforschen, aber sie wollte auch nicht ihr Leben lang einen Vorwurf mit sich herumschleppen. Sie trat in den ersten von vier türlosen Eingängen und fühlte sich umgeben von dem scharfen Geruch feuchten Holzes, alter Badeanzüge, durchdringenden Salzes, auf einmal um zehn Jahre zurückversetzt.
Links war das Büro der Wasserwacht, wo Touristen Badekarten kauften und kleinere Verletzungen behandelt wurden. Jetzt war es so dunkel, daß man kaum an den Trubel im Juni glauben konnte. Der erste schmale Gang mit den Umkleidekabinen lag rechts; vor ihm zweigten kürzere Seitengänge ab. Aus der Tiefe schimmerte gelegentlich Licht durch die rauhen Planken; alles übrige lag in fast völliger Dunkelheit. Lydia ging ein paar Schritte den Gang hinunter. »Mieze?« sagte sie und kam sich dabei sehr albern vor. Doch sie hörte ganz nahe ein deutliches Miauen.
»Dummes Tier«, sagte Lydia zur eigenen Ermutigung, denn plötzlich war sie nervös, trotz der Erleichterung darüber, daß es kein Baby sein konnte. Früher hatte sich einmal ein Junge hier erhängt, in einer Kabine an einem noch immer vorhandenen Haken an der Tür, daraufhin hatte man alle Schlösser entfernt. Wo der Wind eindringen konnte, und das war in dem baufälligen Gebäude fast überall der Fall, bewegten sich die Türen lautlos in noch tiefer Dunkelheit. Es lag etwas Gespanntes in der Bewegung, so, als seien ihre hohlklingenden Schritte schon seit langem erwartet worden.
Mieze, sagte Lydia, diesmal aber lautlos, du mußt dir selbst helfen. Sie war jetzt nicht mehr nervös, sie hatte ausgesprochen Angst. Einmal, im Sommer nach dem Selbstmord, waren sie einen dieser Gänge in völliger Lässigkeit hinuntergegangen, bis sie plötzlich ein Gefühl tödlicher Gefahr hatte und ans Tageslicht rannte, wobei sie sich einen großen Holzspan eingezogen hatte.
Ein Miauen war besonders leicht nachzuahmen. Es brauchte also überhaupt keine Katze da zu sein!
Diese Überlegung und die wieder hervorgeholte Warnung: Lauf!

retteten sie. Sie hatte sich bereits umgedreht und in Bewegung gesetzt, als plötzlich jemand hinter ihr war und sich ein Arm um ihren Hals legte.

Lydia riß sich los, prallte gegen die rauhe Bretterwand, kam ins Wanken, wagte nicht über die Schulter zu blicken und ihr Gleichgewicht wieder zu riskieren, fing an zu rennen. Ein Lichtschein zeigte ihr den zweiten Eingang – und einen Sägebock, der ihn blockierte, weil die Planken herausgebrochen waren. Sie konnte nicht schreien und merkte nicht einmal, daß sie einen undefinierbaren Laut tiefster Verzweiflung ausstieß. Nach der Stärke der Muskeln zu schließen, gehörte der Arm einem Mann, und der war jetzt fast nahe genug, um sie wieder zu pakken.

Sie würde den dritten Eingang nie erreichen. Dann also nach links und damit wahrscheinlich in eine Sackgasse, wo die leise tappenden Schritte sie mit Leichtigkeit einholen konnten! Es war trotzdem die einzige Chance. Lydia warf sich wild nach links, sah Sonnenlicht und den Pavillon am Ende des Ganges, wußte, daß sie kurz vor den hölzernen, nach unten führenden Stufen herauskommen würde und sprang.

Hier stand das Badehaus an einem leichten Abhang, und so war der Sturz zwar schmerzhaft, sie verletzte sich aber nicht ernstlich. Sie raffte sich auf und rannte blindlings zu ihrem Wagen. Es war ihr nicht ins Bewußtsein gedrungen, daß kein zweiter Aufprall hinter ihr erfolgte. Sie erreichte den Volvo, riß die Tür auf – sie hatte sie in dieser windverwehten Einsamkeit zum Glück unversperrt gelassen – und schob die Türschlösser hinter sich zu. Zitternd starrte sie durch die Windschutzscheibe.

Sie konnte nicht fahren, so, wie sie jetzt zitterte.

Sie mußte aber fahren.

Irgendwie schaffte sie es, den Schlüssel ins Zündschloß zu stekken, versuchte den ersten Gang einzulegen, erwischte statt dessen den Rückwärtsgang und würgte den Motor ab. Jetzt war keine Zeit zum Heulen. Im Wagen war sie sicher, selbst wenn er aus dem Badehaus heraus käme; aber ihre Nerven spielten ihr einen Streich. Sie startete den Motor von neuem, atmete ein paarmal tief durch, fand den ersten Gang, und nun bewegte sich der Wagen ruckweise und bockend vorwärts, in einer Art, die sie seit ihren ersten Fahrstunden nicht mehr erlebt hatte.

Und sie war nicht ganz so allein, wie sie dachte; der graue, neben dem Jachthafen parkende Volkswagen deutete darauf hin, daß

ein Bootbesitzer irgendwo mit Farbabkratzen oder Streichen seines Bootes beschäftigt, aber zu weit entfernt war, um sie zu hören, selbst wenn sie geschrien hätte.
Sie hielt erst weit weg vom Strand an, rauchte eine Beruhigungszigarette und genoß die Geräusche und den Blick ringsum, der ihr Sicherheit gab: Völlig normaler Verkehr, das Werbeplakat für eine Frau, die in den Stadtrat gewählt werden wollte, jemand hatte ihr einen Bart und eine Brille aufgemalt. Sie dachte daran, von der ersten öffentlichen Telefonzelle aus die Polizei anzurufen – was, wenn ein Kind diesem Miauen ins Badehaus folgen würde? –, als sie aber eine fand, gab es rund um den ganzen Block keinen Parkplatz, und ihre Beine hielten jetzt einen Marsch nicht aus. Als sie zufällig nach unten sah, stellte sie mit Überraschung fest, daß ihr linkes Knie aufgerissen und blutverschmiert war, obwohl sie keinen Schmerz verspürte und sich auch nicht erinnern konnte, sich verletzt zu haben. Das Blut hatte sogar den Saum ihres Rockes durchtränkt.
Sie hielt gerade bei einer Ampel und blieb im ersten Gang, damit sie nicht wieder in den falschen geraten und ein anderes Auto rammen würde, als sie das unverwechselbare Zeichen von Desmond Morans Hupe hörte, der in der Gegenrichtung fuhr. Sie deutete an, daß sie nach Hause wollte, und sah im Rückspiegel, wie er hielt und eine unerlaubte Kehrtwendung machte, um ihr zu folgen.
Und dann war sie in der Einfahrt, lebendig, sicher. Als sie den Motor abgestellt hatte, blieb sie einfach sitzen und versuchte ihre Muskeln unter Kontrolle zu bringen, die in eine Art von zuckendem Tanz zu verfallen schienen, nachdem sie ihre Aufgabe erfüllt und sie hierhergebracht hatten. Sie stieg gerade aus dem Wagen aus, als auch Moran den seinen verließ, sagte mühsam: »Ich war – da war ein Mann in der . . .« und brach hilflos in Tränen aus.
Er öffnete die Arme, und Lydia sagte an seiner Schulter, geborgen in seiner zärtlichen Umarmung: »Ich habe nicht geglaubt, daß ich davon kommen würde, wirklich, ich . . .«
Er nahm ihr den Hausschlüssel aus der Hand. Er wußte, wo das Badezimmer war, und ließ, nach einem Blick auf ihr Knie Wasser einlaufen. Er wußte auch, wo die Getränke waren, und goß ihr einen Kognak ein, ehe er überhaupt eine Frage stellte. Auf das Wesentliche reduziert: »Ich glaubte, eine Katze zu hören oder vielleicht ein Baby, und statt dessen sprang mich jemand

an«, klang alles gar nicht so schrecklich. Es konnte sogar fast übertrieben erscheinen: die Rache irgendwelcher zehnjähriger Jungen an einem Erwachsenen, der in irgendein privates Reich eingedrungen war.
Aber auf jeden Fall war nichts Übertriebenes an dem Arm, der aus der Dunkelheit gegriffen hatte. Dahinter stand der Wille zum Wehtun, und nur die Erinnerung an ein schreckliches Erlebnis in ihrer Kindheit hatte die Durchführung vereitelt. Lydia war ganz sicher: Hätte sie der Schrecken nur für einen Wimpernschlag erstarren lassen, sie säße jetzt nicht hier, sondern läge hinter einer jener Türen und würde niemals mehr Licht oder Dunkel oder eine Bewegung wahrnehmen.
Ein unwillkürlicher Schauder schüttelte sie plötzlich, und Moran, der gerade fragen wollte: »War der Volkswagen –« änderte seine Absicht und sagte: »Du machst dir besser das Knie sauber, und ich rufe die Polizei an. Jetzt wird zwar bestimmt niemand mehr dort sein, aber erfahren müssen sie es; vielleicht schauen sie dann gelegentlich mal nach.«
Nachdem Lydia das schmerzhafte Reinigen ihres Knies von Sand und Staub erledigt hatte, stieg sie in die gefüllte Wanne, was ihr ein Gefühl unendlicher Sicherheit und Geborgenheit gab. Die Stelle an ihrer Schulter, mit der sie gegen die Wand im Badehaus gekracht war, hatte dumpf zu schmerzen angefangen. Jetzt konzentrierte sie sich auf den Schluß von Morans Gespräch mit der Polizei: »Nein, das war sie nicht . . . Nein, das hat sie nicht getan.« Pause. »Ich nehme an, weil es dunkel war und sie kein Mann ist und einfach raus wollte . . . Richtig. Danke.«
Der Hörer wurde aufgelegt, von einer gemurmelten Bemerkung begleitet, dann sagte Desmond direkt vor der Badezimmertür: »Bist du noch gesund und munter da drinnen?«
»Ja.«
»Hast du auch Seife?«
»Ja.«
»Und ein Handtuch doch sicher auch?«
»Zwei«, antwortete Lydia und lächelte zur Decke hinauf; sie wußte, warum er das tat, und war dankbar dafür.
»Kurz, alles was du brauchst. Gut, wenn es nichts gibt, was ich dir holen könnte«, sagte Desmond, »dann geh ich jetzt raus und schaue, ob ich feststellen kann, was mit deinem Zettel passiert ist.«
Als er vorhin vorbeigekommen war, hatte er nicht mehr dage-

hangen; aber eine einfache Nadel war schließlich auch nicht gerade das sicherste Befestigungsmittel. Lydia stieg aus der Wanne, suchte und fand schließlich auch einen Mullfleck für ihr noch immer blutendes Knie. Sie zog ihren Morgenmantel über, beschäftigte sich ein wenig mit ihren Haaren und dem Gesicht – sie mußte ja wie eine Verrückte ausgesehen haben – und hatte dann immer noch Zeit, fast eine ganze Zigarette zu rauchen, ehe Desmond mit dem Zettel wieder erschien. Drei Uhr fünfzehn – bin zum Strand, stand darauf, was sie erst, es war kaum vorstellbar, vor nicht mehr als einer Stunde geschrieben hatte. »Es muß ein ganz schöner Wind gewesen sein«, sagte er. »Er lag am Ende der Weinspaliere.«

Die Lattenspaliere, die jetzt einen dürren Bart aus abgestorben wirkenden Weinranken trugen, waren hinten und seitlich am Haus. Es gab nie genug von den dicken blauen Trauben, um Marmelade daraus zu kochen, und zum Essen eigneten sie sich nicht besonders; aber es war eine Sommerfreude für Lydia und ihre Kusinen gewesen zu beobachten, wie die Trauben langsam reiften und den ersten zarten Farbanhauch bekamen, dann die süßen Häute auszusaugen und das sauere Fruchtfleisch auszuspucken.

Aber jetzt, im März, würde niemand einen Blick auf das Weinspalier werfen. Wenn sie hilflos im Badehaus läge, dachte Lydia, wer, außer Desmond, würde daran denken, sie am Strand zu suchen, nachdem sie sich von den anderen ja schon verabschiedet hatte? Es traf zu, daß sie Candida gegenüber erwähnt hatte, daß sie dorthin gehen wollte, als Antwort auf eine nicht ernst gemeinte Einladung zu einer Tasse Tee; und auch die Blakes wußten von ihrem früheren Strandbesuch, weil sie ihnen von dem Treibholz erzählt hatte. Aber zu dem Zeitpunkt, an dem ihre Abwesenheit Besorgnis erweckt haben würde, hätte Candida Elder's Farms wahrscheinlich längst verlassen und Desmond wäre es nicht eingefallen, wenigstens nicht sofort, Leute zu befragen, denen er nicht traute. Die Flut wäre gekommen, dunkel und drohend, wäre eine Zeitlang geblieben, und dann hätte der alles mit sich ziehende Sog der Ebbe eingesetzt.

»Du wolltest mich etwas wegen dem Volkswagen fragen«, sagte Lydia hastig, und Desmond antwortete: »Ja. War er schon dort, als du zum Strand kamst?«

Möwen, Wind, ein Eindruck von Leere, obwohl sie nicht bewußt nach anderen Wagen Ausschau gehalten hatte . . . »Ich glaube,

nicht«, sagte sie, »aber graue Volkswagen zerfließen irgendwie in der Landschaft.«
»Das tun sie wirklich«, stimmte Desmond grimmig zu. Dann, ehe Lydia sich darüber wundern konnte: »Hast du es fertiggebracht, bei all dem noch deine Kamera festzuhalten?«
Mit der instinktiven Reaktion der Finger, das nicht loszulassen, was sie im Sturz gerade halten, hatte sie es getan – und damit, dachte Lydia, wären wir wieder beim alten Thema. Bei der Kamera. Sie hatte geglaubt, ihre Beziehungen hätten sich seit ihrer Flucht in seine Arme verändert, aber dieser Mann dachte nur an eines, und sie war dumm genug gewesen, das zu vergessen.
»Ja, das habe ich. Sie liegt im Wagen. Und hast du es geschafft«, fragte sie leichthin, »das Haus der Blakes aufgeräumt zu hinterlassen?«

16

Die plötzliche Stille, die darauf folgte, erschien Lydia wie das nervenaufreibende Warten auf das Aufschlagen eines hinunterfallenden, sehr zerbrechlichen Gegenstandes. Desmond musterte sie mit hochgezogenen Brauen. Nachdenklich sagte er: »Nun möchte ich doch gern wissen, wer dir das erzählt hat?«
»Niemand.« Auf irgendeine unfaire Weise hatte er es fertiggebracht, sie in die Defensive zu drängen. Vielleicht war es sein fester Blick, mit dem er sie abschätzte. »Aber du hast offensichtlich einen Verdacht gegen die Blakes, und du hast gestern abend nach einem Schlüssel zu ihrem Haus gefragt, und du hast Farbe am –«
Sie hielt abrupt inne, weil Moran gelassen seine vollkommen sauberen Hände inspizierte. Sie errötete heftig.
»Erst nachsehen, dann reden. Ich habe sie entfernt«, erklärte er freundlich. Er schien ihr Erröten mit Interesse zu beobachten, und Lydia fühlte, wie sie nur noch röter wurde. »Du hast mit Candida gesprochen, nehme ich an – sie zeigte sich damals recht interessiert. Merkwürdig. Ich hatte nämlich den Eindruck, daß sie vor der Brandnacht keinen der beiden Blakes kannte.«
Er wollte sie ablenken, aber Lydia ließ es nicht zu. Sie sagte fest: »Und hast du, was immer du suchtest, bei den Blakes gefunden?«

»Ich glaube schon«, antwortete er nach ganz kurzem Zögern. »Ich halte die Blakes für makellos.«
Lydia fand das eine sonderbare Wortwahl; und noch sonderbarer war, daß keiner von ihnen von Mrs. Chilton oder von Mord gesprochen hatte. Oder war es gar nicht so sonderbar? Von Anfang an verhielten sie sich, was die Blakes betraf, wie zwei Leute, die vorsichtig ihre Sitze in einem Kanu vertauschen wollten; der Grund dafür war Susan, für die sie sich verantwortlich fühlte. Sie bemerkte leichthin: »Du scheinst darüber nicht besonders glücklich zu sein.«
Moran zuckte die Achseln. »Leute, die gern recht haben, verrennen sich im allgemeinen mal irgendwann.« Er hatte seine Zigarette zu Ende geraucht und drückte sie mit einer Gebärde aus, die zu sagen schien, daß das Thema nun erledigt sei. »Ich habe vorhin deine Kamera erwähnt, weil du am Strand mehrere Fotos gemacht hast; es könnte etwas auf dem Film sein, das dir gar nicht auffiel.«
Wenn auch nur die geringste Kleinigkeit darauf hätte schließen lassen, daß jemand im Badehaus gewesen war, hätte es für Lydia keinen Grund gegeben, überhaupt hineinzugehen; aber damit hatte er, technisch, einen Punkt gewonnen. Vergrößerungen von Fotos konnten manchmal überraschende Einzelheiten zeigen – und plötzlich war sie des Kampfes an dieser Front müde, besonders auch, weil Moran ja kurz vorher im Haus der Blakes ein Bild von ihnen hätte holen können. Ihr Foto erschien jetzt unwichtig. Sie sagte: »Ich bezweifle das sehr, aber du kannst den Film gern zu deinem Fotografen bringen, wenn du willst.«
»Das werde ich auch tun. Man kann nie wissen«, antwortete er und stand auf. Er tat es ganz ohne Eile, was Lydia mehr für Beherrschtheit hielt als Mangel an Interesse. An der Tür blickte er sie forschend an, zögerte, mit der Hand auf der Klinke, und sagte dann: »Ich bin bestimmt nicht lange weg, aber schließ ab, ja? Und sei nicht beunruhigt, wenn du draußen einen fremden Jungen siehst – er ist ein Freund der Donahues, der im Garten arbeitet, wenn es ihm gerade einfällt.« Er hatte die Tür schon geöffnet, als er hinzufügte: »Und geh nicht fort!« Dann verschwand er.
Da Lydia nicht angezogen war, ihr ganzer Körper schmerzte und sie von ihrem Erlebnis völlig erschöpft war, hätte sie seine letzten Worte komisch gefunden, wenn da nicht seine vorangegangene Bemerkung gewesen wäre. Grund zur Beunruhigung beim

Anblick eines Fremden konnte nur bedeuten, daß der Mann im Badehaus den blauen Volvo gesehen hatte, wußte, wem er gehörte – Lydia hatte in der Stadt noch keinen anderen bemerkt –, und sie hierher verfolgen würde, weil er nicht ganz sicher war, ob sie ihn vielleicht doch identifizieren konnte.
Aber das war doch lächerlich, dachte sie, allein in dem Haus, das plötzlich größer geworden und mehr Türen zu haben schien, wenn er sich nicht einmal die Mühe gemacht hatte, sie nach ihrem Sprung in den Sand weiter zu verfolgen. Daran war wahrscheinlich die Anwesenheit des grauen Volkswagens schuld gewesen.
War dieser dunkle Schatten draußen schon der Junge? Nein; es war nur ein Wind aufgekommen, der in der hereinbrechenden Dämmerung an den Bäumen und Büschen zerrte. Lydia hatte die Vordertür bereits abgeschlossen und wußte, daß auch die Hintertür abgeschlossen war. Aber es konnte nichts schaden, die Fenster zu überprüfen, überlegte sie gelassen, als ob sie die ganze Sache einer fremden Person erklären müßte.

Der Film, den Moran aus der Kamera im Volvo geholt hatte, ruhte in seiner Tasche; aber bevor er etwas unternahm, hielt er noch einmal an. Die Donahues beschäftigten keinen Jungen für die Gartenarbeit, aber bei Mrs. Chilton hatte gelegentlich ein Student ausgeholfen, der so groß war wie Moran und mit gleicher Leidenschaft Karate betrieb und Motorrad fuhr. Immer wenn er sein Motorrad mit liebevoller Sorgsamkeit auseinandernehmen mußte, hatte er Brüder von etwa seiner Größe geschickt – und alles, was Lydia für die nächsten ein, zwei Stunden brauchte, war jemand, der in der Nähe des Hauses war und ein bißchen Verstand besaß.
Denn wenn er recht hatte, durfte man sie jetzt nicht allein lassen. Hatte er sich aber die ganze Zeit über geirrt und der Vorfall am Strand stellte sich nur als ein neuer Akt von sinnloser Brutalität heraus, dann wollte er nicht, daß sie sich von ihm abwandte, weil sie ihn für unloyal hielt. Sie hatte sich nach der panischen Flucht aus ihrem Wagen an seine Schulter geflüchtet, als gehörte sie dort hin, aber ihr Glaube an ihre Freundin Susan war unerschütterlich.
Moran kannte den Nachnamen des Studenten nicht – Mrs. Chilton hatte immer nur von Hatch gesprochen –, aber er hatte einmal einen der Brüder in die Stadt mitgenommen und fand nun

das schäbige, gemütlich aussehende gelbe Haus ohne Schwierigkeit wieder. Hatch schien allein zu sein, aber dann tauchte ein zierliches blondes Mädchen mit Besitzermiene hinter ihm auf und legte ihm die Arme um die Taille, während Moran seine Bitte vortrug.

»Verstanden«, sagte Hatch, nachdem ein überzeugender Geldbetrag den Besitzer gewechselt hatte. Er blickte zum Himmel: »Und wenn es dunkel wird?«

»Tu so, als würde dein Motorrad nicht anspringen.« Das Mädchen, das einmal hübsch werden würde, wenn sie eine reine Haut bekam, lugte ab und zu ruckartig wie eine Marionette hinter dem Rücken des Jungen hervor; Desmond hatte Mühe, sich auf Hatchs junges, aber vertrauenerweckendes Gesicht zu konzentrieren.

»Geh ja nicht weg, ehe ich zurück bin.« Hatch befreite sich rasch, sagte über die Schulter: »Warte hier, ja?« und erweckte Sekunden später sein Motorrad zu dröhnendem Leben. Moran sah auf seine Uhr und fuhr los, um Will Tadlock zu suchen.

Tadlock, der gelegentlich mit Tom Donahue zum Fischen fuhr, war ein sympathischer, ein wenig verrufener Hansdampf in allen Gassen. Abgesehen von einigen anderen Unternehmungen machte er auch Paßbilder in seinem Haus, das mit einer Dunkelkammer ausgestattet war; sparsame Bräute ließen manchmal bei ihm ein Paßbild machen.

Es hatte keinen Sinn, ihn anzurufen; wenn er weder in seiner Dunkelkammer noch in seinem Ruderboot steckte, trieb er sich mit seinem alten Lieferwagen herum, um mit Reifen und Schrott zu handeln. Seine Frau verließ ihn in regelmäßigen Abständen und lehnte, wenn sie gerade da war, die Übermittlung von Nachrichten strikt ab. Seine Aktivitäten, selbst die häuslichen, paßten so genau zu ihm, daß er auf Moran, der ihm ein paar Abende vorher einen Drink spendiert hatte, völlig unverändert wirkte, obwohl ein Dutzend Jahre vergangen war. Hühner gakkerten auf dem fast graslosen Hof am Stadtrand, und das einzige, zwischen Bergen von Ziegeln, Drahtrollen und Holzstapeln sichtbare Vehikel war ein Fiat, faltig wie ein Akkordeon und mit offenstehenden Türen. Moran ging die Stufen des kleinen, mit Schindeln verkleideten Hauses hinauf, klopfte auf gut Glück an und versuchte dabei, Hatch im Geist auf seinem Motorrad zu folgen. Er müßte jetzt angekommen sein, ein großer und sehr interessierter Zeuge, falls irgend jemand . . .

»Wenn Sie meinen Mann suchen, der ist nicht da, wie üblich«, sagte die Frau, die die Tür aufgerissen hatte.
Mrs. Tadlock war also wieder zurückgekehrt, wenn auch sicher nur für begrenzte Zeit, und obgleich Desmond sie nur vom Hörensagen kannte, waren ihm die Vorteile einer Dunkelkammer und eines Ruderbootes sofort klar. Sie sah beunruhigend aus: Ende Vierzig, dünn wie ein Besenstiel, strohblondes Haar, Ponyfrisur, glühende braune Augen, mit großzügig aufgetragenem Lippenstift auf einem kaum erkennbaren Mund. Ihre Stimme war scharf wie eine Glasscherbe. Die dicke Wolke Zigarettenqualm, die sie umhüllte, hätte ebensogut vom Ausströmen gefährlicher Energien stammen können.
Moran stellte sich vor und erklärte, daß er einen Film entwickeln lassen wollte, der sehr wichtig wäre. Ob er ihn vielleicht dalassen könnte, oder ob sie eine Ahnung hätte, wo Will zu finden wäre?
»Wieso fragen Sie mich!« schrie Mrs. Tadlock. »Ich frage meinen Mann, wohin er geht, was doch mein gutes Recht ist, oder? Und er antwortet: hierhin und dorthin. Wie finden Sie das? Hierhin und dorthin!
Aber ich kann Ihnen sagen, wann er zurückkommt: Wenn diese blöden Hühner eingesperrt werden müssen. Als er sie angebracht hat, habe ich gesagt: ›Ich drehe ihnen gern den Hals um, wenn es soweit ist, aber alles andere ist deine Sache.‹« Sie fixierte Moran mit stechenden Augen. »Wollen Sie reinkommen und warten?«
»Vielen Dank, ich bin schon reichlich spät dran. Aber könnte ich wohl Ihr Telefon benutzen?«
»Bitte sehr!« sagte Mrs. Tadlock, entzündete eine neue Zigarette und trat zurück. Der dicke Qualm erklärte sich aus der Tatsache, daß sie nicht inhalierte, sondern einfach kurz und nervös Rauchwölkchen ausstieß, explosionsartig wie ein Maschinengewehr. »Wenn es ein Ortsgespräch ist.«
Moran bejahte. Das Telefon stand in einem kleinen Wohnzimmer, das ein Klavier, eine Couch, zwei dickgepolsterte Sessel, einen Couchtisch und einen großen Fernseher enthielt, Sitzkissen, ein Regal und einen Ständer mit einer riesigen, häßlichen Pflanze mit speerähnlichen Blättern. »Sie würden es nicht glauben, was ich von der für Ableger kriege«, bemerkte Mrs. Tadlock, bevor sie sich zur Türschwelle zurückzog, um zu lauschen. »Einen Dollar fünfundzwanzig, dafür verkaufe ich sie. Sie wach-

sen wie verrückt.«

»... Lydia!« Moran wandte seine Schulter ab und stand fast Nase an Nase mit einem Samtkätzchen, das aus einem bändergeschmückten Korb lugte. »Ist der Junge gekommen?«

»Nein ... einen Moment, ja, ich sehe ihn draußen.« Wenn Lydia über seine Sorge um den Besitz der Donahues überrascht war, ließ sie es sich nicht anmerken; sie hatte selbst eine Frage: »Hast du im Eßzimmer ein Fenster geöffnet, während du hier warst?«

»Nein.« Selbst ein tiefsitzendes, unverriegeltes Fenster war nicht unbedingt eine Verlockung zum Einsteigen. Moran wußte, daß die Donahues schließlich keine Festung zurückgelassen hatten, und Lydia konnte das Fenster in Gedanken selbst geöffnet und wieder zu verriegeln vergessen haben; trotzdem faßte er den Hörer fester: »Wenn du nur im geringsten nervös bist, bitte Hatch hereinzukommen. Er ist ein netter Junge.«

Als er einhängte, wurden seine Grübeleien durch einen heftigen Kampf verdrängt, der in der Küche zu toben schien. Wie sich herausstellte, war es Mrs. Tadlock, die Schranktüren zuwarf, Gläser und eine Flasche mit selbstgemachtem Wein auf den Tisch knallte und wütend dazu sagte: »Selbst wenn Sie keine Zeit haben, auf Will zu warten, reicht es doch für ein Glas Wein an einem so rauhen, kalten Nachmittag.«

Dem herausfordernden Blick nach, den sie ihm zuwarf, war für sie Gastfreundschaft kein Angebot, sondern ein Befehl, den man nicht ungestraft verweigert. Sie schien praktische Erfahrung darin zu besitzen, Nichtalkoholikern Wein und Schnaps, verzweifelt Fastenden fette Nachspeisen und Magenkranken scharf gewürzte Soßen aufzuzwingen. Moran hielt es für durchaus wahrscheinlich, daß sie den Film und seine für Will gekritzelte Nachricht wegwerfen würde, wenn er sie erzürnte, und so trank er im Stehen ein Glas Wein.

Er kaufte ihr auch eine Flasche dieses entsetzlichen Weins für zwei Dollar ab, weil Mrs. Tadlocks Blick noch immer düster schien. Das stimmte sie milder, und in ihrem Hochgefühl scheuchte sie, so wohlwollend es ihr nur möglich war, ein Huhn von den Eingangsstufen und versprach, ihr Mann werde den Film entwickeln, sobald er nach Hause käme. Moran überlegte flüchtig, warum er das überhaupt noch tat, und fuhr rasch zu den Chiltons.

Als er am Nachmittag mit Harry zurückgekommen war, hatte

ihn Candida reichlich frostig begrüßt, und hinter ihrer Kälte lag etwas, das bei einer anderen Frau Besorgnis hätte sein können. Ihre Stimmung änderte sich, während Harry mit einem Wortschwall Blitz und Donner auf Morans Haupt lenken wollte, indem er seinen genauen Bericht über die Expedition zum Besitz der Blakes abgab. Er schloß mit einem unheilvollen: »Er hat *gelogen*.« Aber alles, was Candida dazu sagte, war ein freundliches, »Liebling, es ist nicht nett, so was zu behaupten.«

Rätselhaft! Irgendeine Last schien von ihr genommen worden zu sein, und die hatte mit den Ausgrabungen nichts zu tun. Moran überlegte, ob Candida einer, von ihrem Standpunkt aus vernünftigen, Bitte nachkommen und ihm einen Schlüssel zum Haus geben würde, für alle Fälle. Als Zuflucht für Lydia, in dieser letzten gefährlichen Nacht in Elder's Farms. Und der Volvo blieb am besten in der Einfahrt der Donahues stehen.

Er war sich darüber klar, wenn er besonderen Nachdruck auf einen grauen Volkswagen am Strand legte, weil die Nicholsons einen grauen Volkswagen gehabt hatten, so käme das etwa den Gedankengängen mancher Leute gleich, die ihn ab und zu fragten: »Oh, Sie leben in New York? Dann kennen Sie doch bestimmt meinen Vetter?«

Andererseits *war* ein grauer Volkswagen dagewesen, und hätte Lydia nicht jene eigenartige Erinnerung aus ihrer Mädchenzeit gehabt, wäre sie vielleicht nicht mehr vom Strand zurückgekehrt. Womit aber sollte er das der Polizei erklären?

Moran hatte das Haus erreicht, aber er kam zu spät: Der große Wagen war fort, und über dem ganzen Anwesen lag eine eindeutige und endgültige Stille. *Stille*! Das Fehlen von Geräuschen! Darüber hatte er sich gewundert, aber Mrs. Tadlocks Geklapper in der Küche hatte den Verdacht aus seinen Gedanken vertrieben: Lydia hatte auf seine Frage nach Hatch geantwortet: » . . . ja, ich sehe ihn draußen.«

»Sehen« war nicht das passende Wort, wenn es um ein Motorrad ging. Moran wendete mit quietschenden Reifen.

Lydia war nicht wirklich nervös wegen des unverriegelten Eßzimmerfensters; sie schrieb es, ebenso wie das Stück Schärpe auf der Treppe hinter der verschalten Tür, dem Durcheinander vor der Hochzeit zu. Rauch, Parfüm, Blumen die von vielen Menschen erzeugte Körperwärme: Jemand hatte einfach frische Luft hereinlassen wollen.

Trotzdem war sie froh, von diesem so leicht zugänglichen Fenster nichts gewußt zu haben, als sie damals in der Nacht heruntergekommen war, um den Riegel an der Kellertür zu überprüfen, und aus irgendeinem unbestimmten Gefühl heraus schob sie das Packen hinaus. Oben achtete sie darauf, nicht den Gedanken aufkommen zu lassen, daß sie möglicherweise in der Falle saß.

Die Episode am Strand hatte sie merkwürdig unsicher gemacht; es schien, als ob ihr Urteilsvermögen gelitten hätte. Als sie vorhin nach Morans Anruf einhängte, hatte sie gedacht, daß er von einem jungen Mann gesprochen hatte. Aber die untersetzte, stämmige Gestalt mit dem Rasenrechen schien nichts mehr vom Charme der Jugend zu besitzen.

Das Telefon läutete erneut, und in ihrer Unsicherheit zitterte ihr die Hand beim Abnehmen. Es war Candida, die überraschenderweise weder Babysitting noch andere Dienstleistungen benötigte, sondern sich nur verabschieden wollte. Sie klang ungemein zufrieden mit sich selbst. »Weißt du, daß du mit meinem Mann tatsächlich recht hattest? Er ist einfach dageblieben und hat auf Freunde gewartet, die vielleicht das Haus kaufen wollen, und er hat anscheinend gedacht, es wäre aufdringlich, wenn er sofort auf das Thema zu sprechen käme. So wird nun doch alles gut.«

Unglaublich, aber das sagte sie tatsächlich. Lydia erwiderte neutral: »Wie schön!«

»Natürlich war das mit meiner Mutter eine Tragödie«, sagte Candida einlenkend, »und Jones fühlt genauso. Es war für mich viel zu quälend, um darüber reden zu können; ich weiß, du verstehst das. Aber er freut sich, daß wir jetzt wegen Harrison Bescheid wissen. Die Leute von der Nordküste sind manchmal so schrecklich altmodisch. Also, auf Wiedersehen, Lydia!« Und dann im alten gönnerhaften Ton. »Weißt du, was? Ich habe so ein Gefühl, als ob Desmond Moran Interesse an dir hätte, und es gibt schlechtere. Du mußt jetzt doch schon, laß mich mal überlegen –«

»Ich bin drei Jahre jünger als du. Wenn du einen Stift und einen großen Bogen Papier hast, kannst du es ziemlich leicht ausrechnen«, sagte Lydia. »Grüß Harry von mir . . .«

Schlechtere als Desmond, so eine Unverschämtheit! Im Augenblick sprach Candidas Bemerkung eher gegen ihn und sie konnte ein leises Gefühl nicht ganz auslöschen, daß etwas Wahres

daran war.
Er hatte sie zum Abendessen in sein Apartment eingeladen, wenn sie sich noch nicht ganz wohl fühlte, und so fand sie, daß sie ihre überraschend schmerzempfindliche Schulter und das Knie mit etwas Geeigneterem als dem Morgenmantel bedecken sollte. Die Dunkelheit kam bald, ein kurzer Regenschauer schlug wie Salz gegen die Fenster, der Mann aus dem Garten kam mit raschen Schritten auf das Haus zu.

Emmett Blake trat aus dem Postamt, gerade ehe es geschlossen wurde. Er bemerkte den Regen gar nicht. Er hatte eine Stromrechnung und einen einzigen Brief bekommen, der in schwerer und ungelenker Handschrift an Mr. und Mrs. Emmett Blake adressiert war. Der Stempel Boston war klar lesbar, aber er hatte Sekunden gebraucht, um den Namen über der bekannten Adresse des Absenders im oberen linken Eck zu entziffern und eine Erinnerung damit zu verbinden: J. Harney, der Hausmeister.

17

Der Hausmeister des Bostoner Apartmenthauses war ein Mann von wenig Worten, wie an dem Brief zu erkennen war, aber es waren auch nur wenige nötig. Er schrieb: »Ihr Leute seid immer nett zu mir gewesen, und deshalb solltet Ihr wissen, daß ein Mann namens Moran hier nach Euch und Euren Freunden, den Nicholsons, herumgeschnüffelt hat. Freundliche Grüße J. Harney.«
Paula Blake verschwendete wenig Zeit darauf, über eine völlig unvorhersehbare Entwicklung erstaunt zu sein. Typisch für sie, war sie bereits so mit dem Abwägen der Möglichkeiten beschäftigt wie eine Auster mit einem eingeführten Sandkorn. Der Rauch der Zigarette, die sie an der vorangegangenen angezündet hatte, stieg kerzengerade hoch. »Wem glaubst du, hat Desmond Moran von seinen Schnüffeleien erzählt?«
»Ich vermute, bis jetzt noch niemandem«, antwortete ihr Mann.
Paulas grüne Augen bekamen einen brütenden Ausdruck: »Wir haben den Wald vor lauter Bäumen nicht gesehen. Der Tag, an

dem du Lydia in seinen Wagen steigen sahst –«
»Ich bin mir nicht sicher«, berichtigte Emmett. »Ich war gerade mitten in einer Linkswendung, und sie trug einen Schal. Und der Zettel an ihrer Tür war sicher an niemand Bestimmten gerichtet.«
»Trotzdem. Bitte, glaube nicht, daß ich dich kritisieren will. Heute nachmittag dachte ich, er wollte Candida Blackwoods nächster Ehemann werden und versuchte deshalb, sich mit ihrem kleinen Jungen anzufreunden. Aber«, ein Nicken Paulas galt dem Zimmer auf der anderen Seite der winzigen Diele, »wir hätten es besser wissen müssen. Wenn du genau überlegst, ist Lydia Peel nicht der Typ, der in anderer Leute Häuser schleicht. Und während du darüber nachdenkst, könntest du uns noch einen Drink machen.«
Sie hatten wegen des regnerischen dunklen Nachmittags ein Feuer im Kamin gemacht, und gelegentlich blitzte ein Türknopf oder ein Stückchen poliertes Holz im Schein der Flammen golden auf. In der Küche pfiff Emmett die vertrauten Töne, und als er zurückkam und Paula ein eiskaltes Glas reichte, sagte sie scharf: »Du solltest das nicht tun, weißt du. Du hast auch gepfiffen, als Desmond Moran heute nachmittag hier war. Also, mit wem kann er, abgesehen von Harney, in Boston noch gesprochen haben?«
Emmett überlegte. »Mit den Morrows, nehme ich an. Aber wie unser dahingegangener Freund gesagt haben würde, mach dir keine Sorgen. Sie sind –«
Er hielt inne. Paula meinte nachdenklich: »Nein, sie sind nicht völlig ungefährlich. Erinnere dich an das Erntedankfest, als es so windig und schmutzig draußen war und wir auf Händen und Knien in der Halle herumkrochen und Mrs. Morrow die Kontaktlinse fand! Außerdem möchte ich schwören, daß sie auch die Lieferung von der Werbeagentur mitgekriegt hat.«
Emmett brauchte nicht zu antworten. Es entstand ein kurzes abgründiges Schweigen, durchwoben von komplizierten und sich ineinander fügenden Gedanken. Paula, die mit dem Zeigefinger einen Eiswürfel herumschob, bemerkte schließlich: »Nachdem du für diese Wohnung zuständig warst – wie nett waren wir zu Harney?«
Emmett lächelte leise: »Was einen möglichen Erpressungsversuch betrifft? Nett genug.«

»Nun, ist alles wieder in Ordnung? Der verdammte Hatch!« schimpfte Moran ungerecht.
Er war am Haus der Donahues angekommen und hatte einen völlig fremden Mann vorgefunden, untersetzt, mit ergrauendem dunklen Haar, der gebieterisch an das vordere Wohnzimmerfenster klopfte. Es stellte sich heraus, daß er ein arbeitsloser Onkel von Hatch war, den dieser zum Dienst gezwungen hatte, weil sein Motorrad streikte. Wegen seiner schweren Erkältung wollte der alte Mann nicht draußen im Regen bleiben. In ihrer augenblicklichen Verfassung hatte Lydia ihn für den Mann vom Strand gehalten, der sich mit dem Grasrechen nur tarnen wollte und entschlossen war, ins Haus einzudringen.
»Mir geht's gut, danke. Tut mir leid! Du mußt wissen, für gewöhnlich bin ich nicht so«, sagte Lydia, intensiv mit einer Zigarette beschäftigt. Wahrscheinlich hatte sie ziemlich verzweifelt ausgesehen, und deshalb hatte Desmond sie in seine Arme genommen und geküßt. Sie war nicht ganz sicher, wie es dann weitergegangen war; vielleicht hatte er sie geküßt, und sie hatte unwillkürlich darauf reagiert – jedenfalls fühlte sie, daß sie etwas sagen mußte, irgend etwas. »Ich lebe in einem Haus in Santa Fé ganz allein, und ich falle wirklich nicht in Ohnmacht oder führe mich hysterisch auf, wenn ein neuer Briefträger oder Stromableser kommt.«
»Davon bin ich überzeugt«, antwortete Moran, der ebenso verlegen war wie sie; nachdem er sich eine Zigarette angezündet hatte, legte er sie sorgfältig in einen Aschenbecher und zündete eine neue an. »Aber es darf dir nichts passieren. Wie sollte ich das den Donahues erklären?« Er war zu einem Fenster gegangen und sah hinaus. »Ob du es glaubst oder nicht, die Polizei ist da.«
Lydia, die in ihrem Leben noch nie falsch geparkt hatte, empfand vor Polizeibeamten Angst. Sie bewunderte und verurteilte zugleich Leute, die sie in aller Öffentlichkeit beschimpften und, wenn man den Zeitungen glauben durfte, sogar tätlich wurden, wenn man sie rechtmäßig verhaften wollte. Dieses Gefühl änderte sich innerhalb der nächsten Minuten grundlegend.
Der erfahrene Blick, der von ihr zu Desmond schoß? Das Studium der dritten, verwaisten Zigarette? Was immer es war, Lydia spürte, daß man sie als eine Person klassifizierte, die an den Strand gegangen war, um ein Abenteuer zu suchen, das ihr dann über den Kopf gewachsen war. Sie wurde sich ihres Mor-

genmantels bewußt – sie hatte keine Zeit mehr gehabt, sich anzuziehen –, und die Erkenntnis, daß sie es mit einem Beamten zu tun hatte, der bestimmt niemals, außer in der Badehose und bei dreißig Grad im Schatten, an den Strand gehen würde, half ihr auch nichts. Die miauenden Töne der Katze klangen in ihren eigenen Ohren lächerlich, als sie davon erzählte, und sie setzte sich mit einem Ruck aufrecht, als der Sergeant sagte: »Na, jedenfalls war keine Katze da, als wir das Badehaus durchsuchten. Vollkommen verlassen. Was wir gefunden haben –«

Das Telefon fing an zu läuten; Lydia ignorierte es.

»– war ein Kerzenstummel und ein rußiger Löffel.« Desmond, der neben ihr auf der Couch saß, machte eine kleine Bewegung, fast der Anerkennung. »Wahrscheinlich ein Landstreicher.«

»Noch wahrscheinlicher«, sagte Lydia, die wegen dem fortgesetzten Läuten des Telefons auf die Füße sprang und über den kalten Blick, der sie vom Kopf bis zu den nackten, nur mit Sandalen bekleideten Füßen streifte, wütend war, »jemand, der hineingegangen war, um ein bißchen Karamellsoße zu machen; die gerät aus irgendwelchen Gründen in Badehütten immer am besten.«

Sie schloß die Wohnzimmertür hörbar hinter sich, eine Geste, die sie normalerweise, was Manieren betraf, einem Tritt gegen das Schienbein gleichstellte. Als sie sich meldete, mußte der Ärger noch aus ihrer Stimme zu vernehmen sein, denn Paula Blake sagte sofort: »Ich merke schon, ich habe Sie vom Packen weggeholt.«

Lydia versicherte ihr, daß das nicht der Fall sei; jede weitere Erklärung schien kompliziert und sinnlos.

»Ich mußte einfach mit jemandem reden«, sagte Paula vergnügt. »Emmett hat heute einen Brief von einer New Yorker Galerie bekommen – der Leiter ist ein entfernter Freund von uns. Einer der für die nächste Ausstellung vorgesehenen Künstler fällt aus, weil seine Frau Selbstmord begangen hat oder Ähnliches, genau weiß ich es nicht, und Emmetts Arbeiten könnten hineinpassen. Der Brief ist hier einen Tag zu spät angekommen, und natürlich wäre es unklug, nicht zu reagieren; deshalb sind wir jetzt am Bahnhof. Wäre das nicht großartig, wenn es klappt? Und würden Sie es Susan bitte erzählen?«

Lydia bejahte.

». . . natürlich ist es extravagant von mir mitzufahren«, fuhr Paula fort, »aber ich komme mir hier schon ganz vermoost und

ländlich vor und würde gern mal wieder die vielen Lichter und Leute sehen. Ich hoffe, daß Sie an einem so abscheulichen Abend irgend was Nettes unternehmen.«
»Ich gehe bald zum Abendessen weg.« Wie schon einmal, hielt etwas wie Aberglaube Lydia davon ab, Morans Namen zu erwähnen, obwohl Paula keine Ahnung zu haben schien, daß er am Vormittag ihr Haus betreten hatte, und sie verwarf sofort ihren Eindruck von einer ablehnenden kleinen Pause. Susans Schwester war nicht schüchtern.
»Na, viel Spaß«, sagte Paula, eine Redensart, die obenhin und irgendwie doppelsinnig wirkte. »Wünschen Sie uns Glück, und Gott segne Sie! Alles Gute!«
Es klang nicht einmal unehrlich. Im Wohnzimmer entdeckte Lydia, daß der Polizist fort war und jene Art von Schweigen im Raum hing, das auf einen vorausgegangenen scharfen Wortwechsel schließen ließ. Moran, der die Telefonnummer bei der Fotografen-Gattin hinterlassen hatte, sah sie erwartungsvoll an.
»Es war Paula Blake«, erklärte Lydia.
Es ging ihr durch den Sinn, daß sie das noch vierundzwanzig Stunden zuvor mit einer gewissen Genugtuung gesagt hätte. Jetzt fiel ihr nur auf, mit welch erstaunlichem Interesse er die Nachricht aufnahm. Weil sie seine Theorien widerlegt hatte? Sein auf ihr ruhender Blick war zugleich grübelnd und nachdenklich.
Lydia sagte: »Ich ziehe mich jetzt an«, zweifelte, ob er überhaupt zugehört hatte, und verschwand nach oben.
Als sie wieder herunterkam, standen Drinks im Wohnzimmer, was ihr nicht im geringsten merkwürdig erschien, obwohl im Grund sie hier die Hausherrin war. Moran telefonierte. Lydia, die auf dem Weg zur Küche an ihm vorbeikam, sie wollte Salzbrezeln und Senf holen, hielt erstaunt inne, als sie die Stimme aus dem Hörer vernahm, den er etwas von seinem Ohr weg hielt: Sie war scharf wie ein Rasiermesser. Moran versuchte erfolglos, sie zu unterbrechen: »Das ist zu . . . wenn ich nur . . .« und spielte geistesabwesend mit der Schärpe, die an der Klinke der verschalten Tür hing. Als er sie los ließ, warf sie einen Schatten wie eine sich ringelnde schwarze Schlange.
Schließlich gelang es ihm, eine Nummer zu nennen, die Lydia als seine eigene erkannte. Als er einhängte, sagte er: »Das war Mrs. Tadlock. Die Hühner sind ohne Futter oder Wasser, oder was immer sie hätten kriegen sollen, ins Bett geschickt worden,

weil Tadlock mit einem kaputten Wagen festliegt; sie glaubt kein Wort davon und schreit deshalb, was die Lungen hergeben. Wahrscheinlich hat sie zuviel eigenen Wein getrunken. Tadlock ist der Fotograf«, erklärte er ihr dann. »Ich habe meine Nummer für nach sieben Uhr angegeben, wenn es dir recht ist, weil dein Film sehr interessant sein könnte . . .«

Das Telefon läutete noch, während sie daneben standen, als ob die aufgebrachte Mrs. Tadlock es fertiggebracht hätte mitzuhören. Es waren Tom und Nancy Donahue aus Florida; sie flogen erst mit einer späteren Maschine zurück als geplant, und da sie Lydia dann verfehlen würden, schienen sie zu einem Schwatz aufgelegt zu sein. Moran brachte Lydia ihren Drink, eine Zigarette und einen Aschenbecher, für den sie ihm mit einem Lächeln dankte, das plötzlich gefror, und er verschwand aus dem Zimmer.

»Ich habe Nancys Geburtstagsbegonie ganz vergessen«, sagte sie, nachdem sie aufgelegt hatte, und ging zerstreut zur Doppeltür, die ins Wohnzimmer führte. »Ich hätte sie gießen und mich ein bißchen mit ihr unterhalten sollen, aber jetzt ist sie wahrscheinlich –«

Sie war tatsächlich vertrocknet. »Kauf eine neue«, schlug Moran vor, »und wenn du eine andere Farbe nehmen mußt, sag, sie hätte sich aus Wut verfärbt, weil deine Tante sie im Stich gelassen hat.«

Aber sein Benehmen hatte sich verändert; wenn er ihr den Drink auch nicht gerade aufzwang, hantierte er doch so ruhelos mit seinem eigenen Glas, daß sie ohne auszutrinken losging, um das nun schon zur Routine gewordene Anknipsen der Lampen zu besorgen und ihren Mantel zu holen.

Der Regen hatte aufgehört, wie eine Glocke, die zu läuten aufgehört hatte; das Echo schwang noch durch die Nacht. Lydia versuchte, sich den Geruch von feuchter Erde, nasser Baumrinde, von Moos und einer Spur Salz für später einzuprägen. Gelegentlich erfaßten die Scheinwerfer junge Blätter, die wie grüne Feuerfliegen blinkten. Moran nahm die noch nassen Kurven sehr vorsichtig.

Sie genoß die von Feuchtigkeit getrocknete Luft sehr, eine Luft, die die Indianer im trockenen New Mexico mit rituellen Tänzen zu beschwören versuchten, und sie war sehr erstaunt, als plötzlich der Bahnhof von Elder's Farms, der nicht auf dem Weg zu Desmonds Wohnung lag, vor ihnen auftauchte. Der Zug, den

Paula Blake genannt hatte, war offenbar sehr beliebt; längs des Bahnsteigs parkte eine ganze Anzahl von Wagen, darunter auch der dunkelgrüne Austin.
»Du hast gedacht, die Fahrt nach New York wäre ein Märchen«, sagte Lydia. Sie war nicht mehr in der Defensive – das lag weit hinter ihr –, nur neugierig. »Warum hätte sie sich die Mühe machen sollen? Wo wäre da der springende Punkt?«
»Täuschungsmanöver«, sagte Desmond, »falls sie abreisen, aber nach Westen oder Norden. Oder weil sie dir einreden wollten, daß sie heute nacht nicht hier sind.« Im Fahren warf er gelegentlich einen Blick in den Rückspiegel. »Waren die Blakes jemals im Haus der Donahues?«
Es war nur eine beiläufige Frage. Aber sie erschreckte Lydia, wie die mit professioneller Ruhe gestellte Frage eines Arztes, ob man mit jemand, der eine gefährliche ansteckende Krankheit hatte, in Berührung gekommen wäre. »Ja, einmal«, sagte Lydia. Sie erriet seine Gedanken; er dachte an das unversperrte Eßzimmerfenster. »Aber –«
Sie hatten keine Möglichkeit gehabt, irgend etwas anzustellen, wollte sie gerade sagen, als ihr klar wurde, daß das nicht unbedingt stimmen mußte. Die Blakes hatten das Haus bewundert, Entzückensrufe über den großen Kamin und den Kachelofen ausgestoßen, waren fasziniert von dem alten schwarzen Küchenherd gewesen, aber bestimmt nicht jeden Augenblick mit ihr zusammengewesen, während sie Kognak eingeschenkt hatte.
Sie dachte mit plötzlichem Frösteln an das unverriegelte Fenster, an die Schärpe auf der Treppe und den eisigen Luftzug im Haus, in der Nacht, als Onkel Frank und Tante Lilian kamen. Sie dachte an den heruntergefallenen Wecker. Das Schloß am Schrank war unversehrt gewesen; aber natürlich konnte es erst aufgebrochen werden, wenn man wußte, wo die Hochzeitsgeschenke lagen. Und wenn ihr etwas zustieß, konnte man es so aussehen lassen, als ob sie einen Einbrecher überrascht hätte und dumm genug gewesen war, ihn aufhalten zu wollen.
Ein plötzlicher Schwindel überfiel sie, sie mußte sich fest gegen die Lehne des Sitzes pressen. »Du denkst, sie waren heute am Strand?« Es war nur eine Person im Badehaus gewesen, da war sie sicher; aber in einem erschreckenden Sinn waren die beiden eine Einheit. Jeder trug die Eigenarten des andern so unauslöschbar an sich wie seine eigenen Fingerabdrücke. Sie hatte ihre

Beziehung als Solidarität gesehen, aber der Begriff Verschwörung war viel zutreffender. »Und du warst auf die Kerze und den Löffel gefaßt gewesen?«
»Geradezu klassisch«, antwortete Desmond. »Und niemand kam zum Vorschein, um dich weiter zu verfolgen. Weil man eine andere Gelegenheit für einen neuen Versuch einkalkuliert hatte.«
Um mich zu töten, dachte Lydia. Um mich zu töten. Die Leiche einer jungen Frau, die als Lydia Peel identifiziert wurde . . . Nein, so hieß es nur, wenn die Polizei nichts mehr hatte als die Zähne. Aber dort am Strand war ihr Volvo gestanden, mit ihrer Handtasche darin. Der Strand, geradezu ein Geschenk, dazu ihr Zettel an der Haustür, den man abgenommen und weit weg vom Haus hingelegt hatte. Aber doch so nahe, um ihn wieder zu beschaffen, falls etwas schiefgehen sollte, so daß Lydia später keine Bemerkung über sein seltsames Verschwinden hätte machen können.
Um den Zettel überhaupt zu sehen, mußte Emmett oder Paula oder mußten beide heute nachmittag zum Haus gefahren sein – um am hellen Tag Raub und Mord zu begehen? Oder sie in ihrem Wagen unter irgendeinem Vorwand mitzunehmen? Es traf zu, daß Lydia überlegt hatte, ob es möglicherweise ihre Gesichter waren, die Mrs. Chilton unmittelbar vor ihrem Tod erblickt haben könnte. Wenn nun Emmett allein gekommen wäre und erklärt hätte, Paula habe irgendeine schreckliche Nachricht über Susan erhalten und sei einem Nervenzusammenbruch nahe, wäre sie ohne weitere Fragen mitgekommen.
Daß sie so etwas für möglich hielt, war eigentlich nicht erstaunlich; es war, als ob irgendein untüchtiger Wächter in ihrem Gehirn alles von Anfang an beobachtet und sich bis jetzt nur nicht die Mühe gemacht hatte, es ihr zu melden. Wirklich unerklärlich war aber nur . . .
»Warum?« fragte Lydia plötzlich. »Ich kenne die Blakes kaum. Was habe ich ihnen getan, abgesehen davon, daß ich ihnen den Spiegel brachte.«
Da sagte Desmond es ihr.

18

Das hohe Gras auf dem Hügel hinter der Wohnung war so naß, daß Moran das Hinaufklettern wie ein Waten durch Wasser vorkam. Trotz der fast völligen Dunkelheit benutzte er seine Taschenlampe nicht; irgend etwas beunruhigte ihn, es war ihm nur nicht klar, was.

Es war nicht die Tatsache, daß die Hintertür seiner Wohnung nicht abgesperrt gewesen war, als sie ankamen. Das hielt er immer so, weil er noch kein Duplikat des Schlüssels hatte machen lassen, von dem Mrs. Chilton warnend gesagt hatte, er sei der einzige.

Ein Dieb hätte nur mitleidig über seine Schreibmaschine gelacht, und das Foto aus Blakes Kommode steckte sicher in seiner Brieftasche. Trotzdem: Bevor er sich auf seinen kurzen, aber notwendigen Erkundungsgang gemacht hatte, hatte er unauffällig nachgesehen, ob Schränke und Duschraum in Ordnung waren.

Es beunruhigte ihn auch nicht die Tatsache, daß Lydia in dem jetzt verschlossenen und erleuchteten Apartment allein war. Gefahr für sie lag im Haus der Donahues, wo die brennenden Lampen und der in der Einfahrt geparkte Volvo verkündeten, daß sie, wenn nicht jetzt, weil sie Paula Blake gesagt hatte, sie ginge zum Abendessen aus, so doch später am Abend da sein würde. Trotz dieser Tarnung hatte er sie, abergläubisch wie er war, zum Vordereingang seines Apartments geführt, der auf die Quelle und den Hügel hinausging.

Unter ihm lag das Haus der Blakes im Dunkeln, was nicht unbedingt bedeutete, daß es leer war. An diesem Spiel konnten zwei beteiligt sein, überlegte Desmond, und doch sträubte sich ihm kein Haar im Nacken.

Er ging leise durch den Obstgarten und wandte sich dann, von der gerade noch sichtbaren Linie der niederen Steinmauer geleitet, scharf nach links. Er überstieg die Mauer an einem Punkt, der ihn an die äußere Seite der Garage brachte, ein zum Haus gehöriges Gebäude, mit einem Schloß gesichert, wie er erwartet hatte. Glücklicherweise war die Einfahrt nicht gekiest, und der nasse Boden schluckte das Geräusch seiner Schritte. Er kehrte zu dem Fenster zurück, auf dessen Vorhandensein er gehofft hatte, und richtete den Strahl der Taschenlampe ins Innere.

Ein hochgestellter Schubkarren an der gegenüberliegenden

Wand – schwierig, sich vorzustellen, Blake würde ihn benutzen – und in der Ecke einige Gartengeräte. An der Schaufel klebte getrocknete Erde. In der Mitte des Zementfußbodens bemerkte er eine hellere Fläche, zu kurz und zu schmal, um von dem Austin zu stammen, den Lydia bei ihren beiden Besuchen draußen stehen gesehen hatte. Ein Volkswagen hätte darauf gepaßt – und weiter hinten war ein alter Ölfleck. Nein. Als Desmond etwas zur Seite trat und die Taschenlampe darauf richtete, erkannte er, es war frisches Öl.

Das dunkle Haus hinter der Garage schien zu sein wie immer. Wo war er jetzt, der alte graue Volkswagen der Nicholsons , und woher kam die nagende Unruhe, die ihn den Hügel hinauf verfolgt hatte . . .?

In Morans Wohnung hatte sich Lydia gegen das plötzliche schrille Klingeln des Telefons gewappnet, weil der Fotograf anrufen sollte; andernfalls, dachte sie, würde ihr Herz vor Entsetzen seinen letzten Schlag tun.

Wie schwer von Begriff sie gewesen war. Kein Gesetz schrieb vor, daß man mit der Schwester einer guten Freundin ebenfalls befreundet zu sein hatte; von Anfang an, seit Emmett Blakes Wutausbruch, als sie mit dem Spiegel auf der Schwelle gestanden hatte, war etwas falsch gewesen – vielleicht war es das Fehlen des Funkens, der von Menschen verwandten Denkens und gleicher Neigungen auf einen Dritten überspringt.

Der an die Behörden in Philadelphia adressierte Brief: Sie hatte es für klug gehalten, Susans Geburtstag auszukundschaften, nachdem ein Geburtstagsgeschenk für ihre Schwester gerade abgeliefert worden war, und ein Schreiben mit Susans nachgemachter Unterschrift und beigelegter Gebühr würde ihnen die Antwort sicher vermitteln.

Paula, die angeblich blind wie eine Fledermaus sein sollte und doch ohne Brille in einem Telefonbuch gelesen hatte, als Lydia an der Tankstelle vorbeigefahren war, was auch ihr verändertes Aussehen erklärte. Eine Brille mußte unangenehm sein, wenn man sie nicht brauchte. Lydia hatte nach der Flucht vom Strand ein Werbeplakat angestarrt, das eine weibliche Politikerin mit aufgemalter Brille und aufgemaltem Bart zeigte, und selbst da war ihr noch nichts aufgefallen.

Die ständige Korrespondenz zwischen Elder's Farms und Santa Fé, basierend auf alten Briefen Susans, und Susans Gefühl, et-

was sei anders geworden: »Irgend etwas sagt mir, daß sie das Landleben nicht so schön findet, wie sie erwartet hat.«
Aber Susan flog niemals; nichts konnte sie in ein Flugzeug bringen.
Die Ruhe, die schreckliche Ruhe, mit der sie zugesehen hatten, wie auf Mrs. Chiltons Tweedrock glühende Zigarettenasche fiel. Weil Mrs. Chilton, in Verfolgung ihres neuesten Hobbys, in dem alten Fundament graben wollte, was Simon Wister ihr erlaubt hatte. Und wenn sie tief genug gegraben hätte, dann . . .
Lydias wacklige Füße trugen sie jetzt in Morans Küche, die, aus einer Dunkelkammer entstanden, sehr praktische Spülbecken hatte. Sie machte zerstreut den Kühlschrank auf und sah ein Stück Käse, ein Rippenstück, Pilze in einem Plastikbeutel, Dosenbier und Tomaten, die er wohl längere Zeit hatte reifen lassen, weil sie sehr rot waren. Das Steak war offensichtlich für ihr Abendessen gedacht. Sie schaltete probeweise den Grill ein, fand ein Sieb und wusch den Salat.
In der Ferne donnerte es leise – merkwürdig, weil im Osten ein großes Stück Himmel völlig wolkenfrei und sternenklar zu sehen war. Lydia wanderte ins Wohnzimmer zurück, wünschte sich heftig, Desmond käme zurück, sah auf seine zugedeckte Schreibmaschine – mit ihr war er ordentlicher als mit Mänteln – und hob, nach einigen Gewissensbissen, den Deckel ab.
Sie nahm an, daß ein unerlaubter Blick in die Arbeit eines Schriftstellers gleichbedeutend mit dem Lesen eines fremden Tagebuches sei. Aber alles, was Desmond anging, war ihr wichtig geworden, nicht aus Neugier. Es war etwa so, als ob sie, für Geschenkzwecke, seine Handschuh- oder Strumpfgröße wissen wollte.
Die in die Maschine gespannte Seite trug die Zahl zweihundertundsechs. Sie las: Statt zu antworten, wandte sich Holt ab. Sie war nicht überrascht. Welles Roland ermordete Mrs. Chilton.
Lydia deckte die Maschine wieder zu. Ihre Finger zitterten. Es schoß ihr blitzartig durch den Kopf: Kein Wunder, daß Holt sich ohne zu antworten abwandte; er war genauso vom Donner gerührt wie sie.
Desmond hatte einen Flugzeugabsturz überlebt, bei dem die meisten anderen Passagiere verbrannt waren, und Mrs. Chilton war auch verbrannt. »Laßt zu Hause das Feuer brennen . . .«
Das kam nicht aus ihrem Kopf. Jemand war draußen in der Nacht, wo es noch immer tropfte und raschelte. War es Des-

mond der ausgerechnet dieses alte Lied pfiff, um seine Ankunft zu melden?
»Laßt zu Hau-« Das Pfeifen brach ab, aber Lydia hatte doch Zeit gehabt, die Richtung zu bestimmen, aus der es kam: nicht den Hügel herunter, sondern von der Fahrstraße her, die zum Haus der Chiltons weiterführte; und jetzt folgte ihm ein anderes und näheres Geräusch, das von zerbrechendem Glas. Der Lärm war so plötzlich da, daß es Lydia die Kehle zuschnürte. Sie preßte die Hände entsetzt an die Wangen und ließ sie wieder sinken, weil das Telefon läutete.
Die Stimme am andern Ende sagte nasal und gemütlich: »He, ist Desmond Moran da?«
»Mr. Tadlock? Bitte hängen Sie sofort ein und rufen Sie die –«
»Nichts drauf auf dem Film. Habe alles entwickelt.«
»Schicken Sie die Polizei zu Mrs. Chiltons Haus! Schnell!« schrie Lydia ins Telefon. Sie hatte all ihren Mut zusammengenommen und den Vorhang ein wenig zur Seite geschoben. Das Klirren stammte von der Windschutzscheibe von Desmonds Wagen, die Emmett Blake mit einem Stein zertrümmerte. Sie konnte seine andere Hand nicht sehen, aber sie wußte, daß man von einem Mann erwartete, er würde sofort hinausstürzen und nach der Ursache des Lärms suchen. Welles Roland hatte eine Erinnerung in ihrem betäubten Gehirn wachgerufen. So ähnlich hatte der Name gelautet, unter dem Desmond die Blakes aus ihrem Haus gelockt hatte, und nun wollten sie sich rächen. Sie hatten sich ihn zur Zielscheibe genommen, und er hatte nicht die geringste Ahnung davon.
Blake bemerkte sie durch den Vorhangspalt. Vor Überraschung war er wie vom Donner gerührt, dann rannte er auf das Apartment zu. Er hielt noch immer den Stein in der einen Hand, die andere konnte Lydia nicht sehen. Sie hörte, wie der Telefonhörer die Gabel verfehlte und polternd auf den Boden fiel, während sie zur Hintertür und hinaus in die Dunkelheit rannte.
Für einen Augenblick schien ihr die Finsternis undurchdringlich. Sie stolperte fast sofort über einen zähen, niedrigen Busch, fühlte, wie ihr zerschundenes Knie nachgab, und wurde mit festem Griff hochgerissen. Sie rief atemlos: »Desmond«, ehe ihr ihr Verstand sagte, daß sie weniger gezogen als emporgezerrt worden war und der harte Griff von einer Frau stammte, weil diese Leute ja paarweise jagten wie Mambas.
»Hier ist sie«, rief Paula leise, und ihr Mann erschien mit dem

Revolver.
Als sie im Wohnzimmer waren, fragte Emmett scharf: »Wo ist Moran?«
Lydia starrte ihn schweigend und haßerfüllt an, obwohl es Paula gewesen war, die ihr den Weg verstellt und ihre Flucht verhindert hatte, indem sie sie brutal gegen die Mauer gestoßen hatte. Sie war sehr kräftig. Lydias Hinterkopf schmerzte, und sie glaubte Blut zu schmecken; wenn sie Emmetts – und in Verbindung damit Paulas – Blick festhalten konnte, würden sie vielleicht das hörerlose Telefon im Schatten unter dem Fenster nicht bemerken. Hatte Tadlock ihre verzweifelte Bitte überhaupt begriffen? Würde die Polizei kommen?
Paula stampfte ärgerlich mit dem Fuß auf: »Er hat Sie etwas gefragt –«
»Er ist zu einem Fotografen, den er kennt, um meinen Film zu holen«, antwortete Lydia hastig. Jede Sekunde zählte. »Er meint, es wird nichts drauf sein, und das wird sehr verdächtig ausse-«
»Hör doch mal!« sagte Paula, und das dünne, hohe Freizeichen eines von der Gabel genommenen Telefonhörers, bisher von Stimmen überdeckt, schien unaufhaltsam in den Raum zu quellen. Die Blakes blickten auf den Apparat, auf Lydia, sahen sich an. Planänderung: Das ging so schnell wie das Aufblitzen eines Blitzlichts.
». . . Ich hole den Wagen«, sagte Paula und rannte los.

Moran dachte an den Zweitschlüssel zum Haus von Mrs. Chilton, den die Blakes entdeckt und in der Nacht, in der sie sie ermordeten, benutzt hatten. Er war ihm am Nachmittag wieder eingefallen, als er sich ihrem Haus näherte, und hatte ihn dann vergessen wegen Lydias Erlebnis am Strand. Oder doch nicht ganz: Im Bewußtsein, daß Geräusche nach einem Regen sehr weit zu hören waren, hatte er bei ihrer Ankunft heute abend die Wagentür auf seiner Seite sehr leise geschlossen, so daß ein eventueller Lauscher nur ein einziges Zuschlagen hören konnte.
Aber ein Beobachter hätte von dem dunklen Haus der Chiltons aus zwei Leute im Wagen sehen können, als sie vorbeifuhren. Lydia hätte man wohl kaum genau erkennen können, überlegte er, während er im Schein der Taschenlampe durch den Obstgarten zurücklief. Er war auf seltsame Weise sicher, daß das Haus

hinter ihm die ganze Zeit leer gewesen war. Seine Erinnerung präsentierte ihm plötzlich ein Bild des Austin in der Stadt, an dem Tag, an dem es so geschneit und er Lydia mitgenommen hatte. Er war an dem Wagen sehr interessiert gewesen, und jetzt schien es ihm, daß Emmett Blake mit dem gleichen Interesse den seinen gemustert hatte.
Paula Blakes Anruf, die Gratisinformation, sie würden gleich den Zug nach New York besteigen, konnte ein Köder sein: »Kommt und schaut euch alles an, es ist absolut sicher.« Aber sie konnten kaum erwarten, daß Lydia sich mit Hacke, Schaufel und Laterne bewaffnete. Sie hatten sie zumindest einmal mit ihm zusammen gesehen und würden sich bestimmt daran erinnern, daß er an dem alten Fundament gewesen war, mit Harry, der neben ihm vor Wut fast geplatzt war.
War es denkbar, daß Lydia sich in einer Falle befand, weil er sie in seine Wohnung mitgenommen und dort allein gelassen hatte, während er den Volkswagen der Nicholsons suchte?
Die Vernunft sagte ihm, daß ja die Türen verschlossen waren. Aber seine Nerven reagierten anders: Wo es sich um Mörder handelte, die wußten, daß ihr Opfer irgendwo drinnen saß, stellten verschlossene Türen und Fenster kein unüberwindliches Hindernis dar.
Keuchend erreichte er den Hügelkamm – das Apartment lag ruhig unter ihm. Keine Schatten kämpften hinter verhüllten Fenstern, und die einzigen Geräusche der Nacht waren fernes Donnergrollen und die winzigen, tropfenden Nachwirkungen des Regens.
Doch es war kein Donner, sondern das Lärmen des neuen Rolltors zu Mrs. Chiltons Garage, auf das sie sehr stolz gewesen war, obwohl sie meinte, so ein Rumpeln müßte zumindest einen Cadillac anstelle ihres altmodischen Vehikels ankündigen. Und dann raste der Volkswagen mit aufgeblendeten Scheinwerfern auf das Apartment zu. Desmond stürzte den Hügel hinunter.

19

Der einzelne dünne Wohnungsschlüssel entglitt ihm im Laufen, wie es in ähnlichen Fällen häufig passierte, aber die kräftigen Wagenschlüssel lagen ihm sofort in der Hand. Vielleicht war das

sogar besser? Der in der Garage versteckte Volkswagen, der scheinbar in keiner Verbindung zu den Blakes stand, würde ihnen als Fluchtmittel und zum Transport ihres Opfers dienen. Wenn es ihm gelang, seine Abfahrt zu verhindern . . .
Er reagierte ganz instinktiv, ohne lange nachzudenken. Als er um die Hausecke bog, blieb er nicht einmal beim Anblick der demolierten Windschutzscheibe seines Wagens stehen, trotzdem kam er zu spät. Obgleich die Einfahrt lang war – im Februarschnee hatte er oft darüber geflucht –, glitt der Volkswagen aus kaum zehn Meter Entfernung auf ihn zu. Er konnte, als er in das Licht seiner Scheinwerfer trat, die Beschleunigung sehen und hören – und er konnte noch etwas hören, das die Geräusche des Motors für die Leute im Wagen bei geschlossenen Fenstern sicherlich übertönte: das Heulen einer Sirene.
In allerletzter Sekunde schleuderte er die Taschenlampe mit ganzer Kraft gegen die Fahrerseite der Windschutzscheibe. Die Scheinwerfer schwangen in einem unkontrollierten Bogen zur Seite. Der Volkswagen kam von der Straße ab, schleuderte über holprigen Boden, wurde herumgerissen, um einem Baum auszuweichen, und war gerade rechtzeitig wieder auf der Straße, um mit dem Streifenwagen zu kollidieren, der mit abgestellter Sirene aufgetaucht war.
Moran, der in seinen mit Glasscherben übersäten Wagen gesprungen war, um die Verfolgung aufzunehmen, erkannte jetzt, was die ihn blendenden Scheinwerfer vorher verborgen hatten: Es saß nur eine Person im Volkswagen – Paula Blake. Er sagte laut: »Verdammt!« und rannte zu seiner Wohnung.

Er beachtete Emmett Blake nicht, der ihm merkwürdigerweise ebenfalls keine Beachtung schenkte, sondern zur Tür hinaustrat und dem Polizisten entgegenging. Er lief direkt auf Lydia zu. Sie saß wie erstarrt da, die Hände in die Armstützen verkrallt wie auf einem elektrischen Stuhl. Es schien ihm albern zu fragen: »Geht es dir gut?«, aber er wollte ihre Stimme hören, mußte sich überzeugen, daß ihr nichts passiert war.
»Ja«, sagte Lydia, und ihre Stimme war wieder ihre eigene, obwohl sie ungewöhnlich blaß aussah. »Desmond, lies das Blatt in deiner Schreibmaschine.«
Emmett Blake hatte die Tür nicht hinter sich geschlossen, und Bruchstücke eines Gesprächs drangen herein: » . . . geht's hier weiter?« – » . . . auf einem Spaziergang, ich bin Künstler, Serge-

ant, und hörte jemand um Hilfe schreien . . . weiß nicht, ob da eine Art Party stattfand oder was sonst, aber die junge Dame dürfte getrunken haben . . .«

Moran lauschte und lächelte Lydia nur deshalb an, um ihr selbst ein Lächeln zu entlocken. Er hob den Deckel von seiner Schreibmaschine, las die wenigen Zeilen und sagte gedankenvoll: »Ich glaube, das lasse ich gleich hier stecken. Es müssen Fingerabdrücke drauf sein, denn da ich nicht – wie gehofft – tot bin . . .«

Er brach ab, als die Tür weit aufschwang und der Polizeibeamte mit grimmigem Gesicht, weil an dem neuen Streifenwagen nun eine Stoßstange verbeult war, das Ehepaar hereinführte. Es war derselbe Mann, der an diesem Abend schon einmal – im Haus der Donahues – mit ihnen gesprochen hatte; seine Augen wurden zuerst größer und verengten sich dann wieder, als er Lydia erblickte. Er sagte: »Dieser Gentleman behauptete . . .«

»Er lügt«, unterbrach ihn Lydia kurz. »Er hatte einen Revolver, den er draußen irgendwohin geworfen hat, und er weiß ganz genau, was mit mir los ist.« Sie hob ihren Kopf von der Stuhllehne weg, wo sich eine Blutspur abzeichnete. »Als seine Frau den Volkswagen holen ging, tat ich, als würde ich ohnmächtig, und er befühlte meinen Hinterkopf, um festzustellen, ob ich mich verstellte. Schauen Sie seine Finger an, und sein Taschentuch –«

Die Blutspuren, der wiedergefundene Revolver, die auf den Namen Naomi R. Nicholson lautende Zulassung des Volkswagens – das Paar, das sich immer noch Blake nannte, bestand darauf, daß es den Wagen nur für Freunde, die kurzzeitig in den Südwesten gereist seien, eingestellt hätte – reichten aus, um eine Untersuchung der Grube zu rechtfertigen. In der Zwischenzeit wurden beide wegen schwerer tätlicher Bedrohung und Paula außerdem, was wie höchste Ironie erschien, wegen rücksichtslosen Fahrens angeklagt.

Noch vor der Untersuchung der Grube auf dem Hügel sandte man Susan das Foto von Paula Blake, das Moran mitgenommen hatte. Sie rief sofort an und sagte, daß es nicht ihre Schwester sei. Sie war übers Wochenende überhaupt nicht weggewesen; das hatte man Lydia offensichtlich nur erzählt, um einen Anruf bei Susan zu verhindern. Sie sagte ganz verdutzt: »Aber ich habe gerade vor ein paar Wochen einen Brief von Paula erhalten«, und

man erklärte ihr, daß man eine Anzahl ihrer eigenen Briefe, ausführlich genug, um die Grundlage für eine Korrespondenz zu bilden, entdeckt habe. Selbst dann konnte sie es nicht glauben.
»Alle beide . . . mein Gott . . .«
Lydia hatte recht gehabt und Moran zur Hälfte ebenfalls. Die aus ihrem versengten, behelfsmäßigen, mit Abfall gefüllten Grab geborgenen Leichen waren die von Philipp Nicholson und Paula Blake.

Die Beseitigung von scheidungsunwilligen Ehegatten mittels eines Revolvers war sicher nicht neu, aber nur wenige Leute konnten in eine so maßgeschneiderte Situation einsteigen wie Emmett Blake. Es war sogar denkbar, daß seine Frau und Naomi Nicholsons Mann noch am Leben wären, wenn er nicht seinen Vetter beerbt hätte.
Was Blake betraf, war eine Scheidung für ihn nicht sehr wünschenswert, weil Paula regelmäßig ihre Dividendenschecks erhielt, die ihnen ein gewisses Luxusleben gestatteten. Naomi Nicholson war nicht so geduldig. Sie hatte aus Langeweile und weil sie allmählich älter wurde geheiratet, und als Paulas Sekretärin im Werbebüro hatte sie natürlich auch Emmett Blake kennengelernt. Es war Liebe auf den ersten Blick. Als Naomis Mann für ein paar Tage in die Klinik mußte – damals im November –, hatte sie wahrscheinlich begonnen, sich über die Sache Gedanken zu machen.
Und selbst dann, wenn es an Weihnachten nicht so warm gewesen wäre . . . Paula wollte unbedingt sofort in das Haus des toten Vetters ziehen, und Emmett hatte Naomi gleich verständigt. Philipp Nicholson, der immer noch so vernarrt in seine Frau war, daß er ihr Foto ständig mit sich herumtrug, handelte nebenbei auch mit Antiquitäten. Es mußte Naomi also leicht gefallen sein, ihren Mann zu überzeugen, daß eine Fahrt nach Elder's Farms, noch vor Ankunft der Blakes, ganz einträglich sein könnte. »Die wissen gar nicht, was alles da ist; sie werden ein paar alte Stücke gar nicht vermissen.«
»Und sie wußten, daß sie vor Susan sicher waren, solange sie ihr auf ihre Briefe antworteten«, meinte Lydia. Sie saßen in Desmonds Wohnzimmer. Lydia mußte noch bleiben, um als Zeugin des Überfalls auszusagen.
Moran nickte. »Und Naomi muß den Leuten erzählt haben, sie zögen in den Südwesten, wegen der schlechten Gesundheit ih-

res Mannes – daher die Fotos von ihr in leichter Kleidung, falls es einmal klug erschien, jemand eines zu schicken.«
Lydia hatte das Foto gesehen. Die Frau, die sie immer noch als Paula Blake dachte, trug den cremefarbenen Pullover, den sie an jenem Nachmittag angehabt hatte, als sie die Tür öffnete und sagte: »Sie müssen Lydia Peel sein.«
»Vermutlich trägt sie farbige Kontaktlinsen. Ich weiß von Susan, daß ihre Schwester grüne Augen hatte.«
»Ja, ich sah den Behälter in ihrem Schreibtisch und war so blöde, die Bedeutung nicht zu erkennen. In meiner Familie haben alle gute Augen«, sagte er. »Aber warum hat sie sich überhaupt die Mühe gemacht, wenn sie doch in eine Stadt kam, in der niemand Paula Blake kannte?«
Moran zuckte die Achseln. »Wahrscheinlich ist es eine elementare Vorsichtsmaßnahme, als Doppelgängerin so ähnlich wie möglich auszusehen. Vor allem mit einem so auffallenden Merkmal wie grünen Augen. Die Kontaktlinsen hat sie in Boston gekauft – in einem kleinen Ort wie Elder's Farms wäre das Risiko zu groß gewesen. Ich rief Mrs. Morrow an – ich fand, ich sei ihr eine Erklärung für mein Auftauchen schuldig –, und da erzählte sie mir, daß sie einmal in der Halle beim Suchen nach einer der Linsen geholfen und Blake sie rasch aufgehoben habe, ehe sie es tun konnte; sie glaube aber, daß sie grün gewesen sei. Die andere Sache, die sie vergessen hatten, mir zu erzählen, war, daß einmal, als sie die Nicholsons trafen, Mrs. Nicholson etwas Ähnliches wie eine Aktenmappe trug, und sie den Eindruck hatten, es könnte ebenso ein geschäftlicher wie ein privater Besuch gewesen sein.«
» . . . Und beinahe wäre sie damit durchgekommen«, sagte Lydia nachdenklich.
»Warum auch nicht?« antwortete Moran sachlich, »wenn da nicht Mrs. Chilton gewesen wäre! Kein Mensch konnte natürlich voraussehen, mit welcher Begeisterung sie sich aufs Ausgraben werfen würde. Wister hatte ihr erlaubt, auf seinem Grund und Boden zu buddeln, und so buddelte sie auch. Und dann erschienst du auf der Bildfläche, und auch das wäre nicht weiter schlimm gewesen, wenn du Naomi nicht ohne Brille in der Telefonzelle beobachtet hättest. Ich vermute«, Emmett Blake und Naomi Nicholson hatten sich Anwälte genommen und verweigerten beharrlich die Aussage, »daß sie zunächst gedacht haben, du hättest das Foto aus ihrem Haus geholt, und dann irgendwie

herausgefunden, daß ich es war.«
Es war ein Fehler gewesen, Mrs. Chilton zu erwähnen; Lydias lebhafter Blick war ernst geworden.
»Warte einen Augenblick«, sagte Moran. Er ging zu seinem Wagen, dessen Windschutzscheibe immer noch in Scherben überall verstreut lag, kam mit einer Flasche Wein zurück, entkorkte sie und holte zwei Gläser. »Das Zeug ist unglaublich schlecht«, sagte er, »aber unter den gegebenen Umständen sollten wir auf das Wohl der Tadlocks trinken. *Slainte*!«
Lydia wußte, daß es nur ein irischer Trinkspruch war, doch in Desmonds ruhigem Blick lag etwas, das mehr daraus machte. Sie hob ihr Glas und dachte flüchtig und voll Mitleid an Susan, die alles noch vor sich hatte. Sie würde erst noch herausfinden müssen, wer Miles Marsh tatsächlich war. Aber, dachte sie rebellisch, ich lasse mir diesen Augenblick durch nichts und niemand verderben. »*Slainte*!« sagte sie.

Agatha Christie

Agatha Mary Clarissa Miller, geboren am 15. September 1890 in Torquay, Devonshire, sollte nach dem Wunsch der Mutter Sängerin werden. 1914 heiratete sie Colonel Archibald Christie und arbeitete während des Krieges als Schwester in einem Lazarett. Hier entstand ihr erster Kriminalroman *Das fehlende Glied in der Kette.* Eine beträchtliche Menge Arsen war aus dem Giftschrank verschwunden – und die junge Agatha spann den Fall aus. Sie fand das unverwechselbare Christie-Krimi-Ambiente.
Gleich in ihrem ersten Werk taucht auch der belgische Detektiv mit den berühmten »kleinen grauen Zellen« auf: Hercule Poirot, der ebenso unsterblich werden sollte wie sein weibliches Pendant, die reizend altjüngferliche, jedoch scharf kombinierende Miss Marple (*Mord im Pfarrhaus*).
Im Lauf ihres Lebens schrieb die »Queen of Crime« 67 Kriminalromane, unzählige Kurzgeschichten, 7 Theaterstücke (darunter *Die Mausefalle*) und ihre Autobiographie.
1956 wurde Agatha Christie mit dem »Order of the British Empire« ausgezeichnet und damit zur »Dame Agatha«. Sie starb am 12. Januar 1976 in Wallingford bei Oxford.

Von Agatha Christie sind erschienen:

Das Agatha Christie Lesebuch
Agatha Christie's Miss Marple
  Ihr Leben und ihre Abenteuer
Agatha Christie's Hercule Poirot
  Sein Leben und seine Abenteuer
Alibi
Alter schützt vor Scharfsinn nicht
Auch Pünktlichkeit kann töten
Auf doppelter Spur
Der ballspielende Hund
Bertrams Hotel
Die besten Crime-Stories
Der blaue Expreß
Blausäure
Das Böse unter der Sonne
  oder Rätsel um Arlena

Die Büchse der Pandora
Der Dienstagabend-Club
Ein diplomatischer Zwischenfall
Dreizehn bei Tisch
Elefanten vergessen nicht
Die ersten Arbeiten des Herkules
Das Eulenhaus
Das fahle Pferd
Fata Morgana
Das fehlende Glied in der Kette
Ein gefährlicher Gegner
Das Geheimnis der Goldmine
Das Geheimnis der Schnallenschuhe
Das Geheimnis von Sittaford
Die großen Vier
Das Haus an der Düne
Hercule Poirots größte Trümpfe
Hercule Poirot schläft nie
Hercule Poirots Weihnachten
Karibische Affaire
Die Katze im Taubenschlag
Die Kleptomanin
Das krumme Haus
Kurz vor Mitternacht
Lauter reizende alte Damen
Der letzte Joker
Die letzten Arbeiten des Herkules
Der Mann im braunen Anzug
Die Mausefalle und andere Fallen
Die Memoiren des Grafen
Mit offenen Karten
Mörderblumen
Mördergarn
Die mörderische Teerunde
Die Mörder-Maschen
Mord auf dem Golfplatz
Mord im Orientexpreß
Mord im Pfarrhaus
Mord im Spiegel oder Dummheit ist gefährlich
Mord in Mesopotamien
Mord nach Maß
Ein Mord wird angekündigt
Die Morde des Herrn ABC
Morphium
Nikotin
Poirot rechnet ab
Rächende Geister
Rotkäppchen und der böse Wolf
Ruhe unsanft
Die Schattenhand
Das Schicksal in Person
Schneewittchen-Party
Ein Schritt ins Leere
16 Uhr 50 ab Paddington
Der seltsame Mr. Quin
Sie kamen nach Bagdad
Das Sterben in Wychwood
Der Tod auf dem Nil
Tod in den Wolken
Der Tod wartet
Der Todeswirbel
Tödlicher Irrtum oder Feuerprobe der Unschuld
Die Tote in der Bibliothek
Der Unfall und andere Fälle
Der unheimliche Weg
Das unvollendete Bildnis
Die vergeßliche Mörderin
Vier Frauen und ein Mord
Vorhang
Der Wachsblumenstrauß
Wiedersehen mit Mrs. Oliver
Zehn kleine Negerlein
Zeugin der Anklage

Stanley Ellin

Stanley Ellin, geboren 1916 in New York, arbeitete nach dem Studium in verschiedenen Berufen. Nach dem Zweiten Weltkrieg wurde er freier Schriftsteller.
Die Romane und Erzählungen des »Meisters des sanften Schreckens« haben ihm internationalen Ruhm eingetragen. Siebenmal wurde er mit dem Edgar-Allan-Poe-Preis ausgezeichnet, und 1975 erhielt er den »Grand Prix de la Littérature Policière«. Seine Werke wurden von Regisseuren wie Claude Chabrol, Joseph Losey und Alfred Hitchcock verfilmt.
Ellin hat sich vor allem mit seinen makaber-bösen Stories einen Namen gemacht, z. B. mit *Die Segensreich-Methode* oder *Die Spezialität des Hauses*. Er schuf damit ein völlig neues, psychologisch äußerst subtiles Genre des Kriminalromans.
Ellin starb am 31. Juli 1986 in New York.

Von Stanley Ellin sind erschienen:

Der Acht-Stunden-Mann
Im Kreis der Hölle
Die Millionen des Mr. Valentin
Nagelprobe mit einem Toten
Die schöne Dame von nebenan
Spezialitäten des Hauses
Die Tricks der alten Dame
Der Zweck heiligt die Mittel